N'est-ce pas un .... de constater, chaque mo................ — à savoir la rencontre amoureuse — nos auteurs sont capables de se renouveler ?

Il suffit pour, en juger, d'observer la diversité qu'Azur nous propose ce mois-ci. Dans les personnages, d'abord, qui offrent un éventail impressionnant de caractères et de professions : quoi de commun, en effet, entre le réalisateur Matthew Byrne (Azur n° 2154), un homme ténébreux et secret, pressé de voir sa réussite favoriser la vengeance qu'il nourrit en secret, et Rhys, le jeune pompier au cœur tendre, obstinément fidèle au souvenir de la femme et de l'enfant qu'il a perdus huit ans plus tôt (Azur 2153) ?

Mais également dans les situations qui réunissent — ou opposent — nos différents héros. Ainsi, Mac et Melissa qui ont décidé de se faire passer pour mari et femme le temps d'une soirée (Azur 2151) n'auront assurément pas les mêmes problèmes à régler que Madeline et Dominic (Azur 2156) qui se retrouvent quatre ans après une terrible rupture. De même, les soupçons que nourrit Chay Buchanan à l'égard de la jeune Sophie, qu'il a surprise en train de l'espionner (Azur n° 2158) n'ont vraiment rien à voir avec ceux qui agitent Sebastian qui suspecte Lily d'être une femme intéressée (n° 2152). Quant à la vengeance du beau Dexter Giordanni, elle a, on pourrait s'en douter, tous les raffinements et les emportements d'une *Vengeance à l'italienne* (n° 2155) et ne ressemble en rien au plan soigneusement élaboré par le Français Luc Brissac (n° 2157).

A croire qu'il y a cent, mille façons d'aimer, et autant d'histoires d'amour que d'individus...

Bonne lecture !

La responsable de collection

Vengeance à l'italienne

JACQUELINE BAIRD

Vengeance à l'italienne

COLLECTION AZUR

*Cet ouvrage a été publié en langue anglaise
sous le titre :*
GIORDANNI'S PROPOSAL

Traduction française de
ELISABETH MARZIN

HARLEQUIN ®
est une marque déposée du Groupe Harlequin
et Azur ® est une marque déposée d'Harlequin S.A.

*Toute représentation ou reproduction, par quelque procédé que ce soit, constitue-
rait une contrefaçon sanctionnée par les articles 425 et suivants du Code pénal.*
© 1998, Jacqueline Baird. © 2001, Traduction française : Harlequin S.A.
83-85, boulevard Vincent-Auriol, 75013 Paris — Tél. : 01 42 16 63 63
Service Lectrices — Tél : 01 45 82 47 47
ISBN 2-280-04860-4 — ISSN 0993-4448

1

— Non, non et non ! Est-ce assez clair, Mike ?

— Ne sois pas si négative, Beth, ma chérie. Tu t'amuses toujours comme une folle avec moi.

Beth jeta un regard exaspéré à son demi-frère — et ne put s'empêcher d'esquisser un sourire. Il était vraiment impossible !

— Tu sais à quel point je t'adore, Mike. Mais il est hors de question que je m'exhibe dans la salle du conseil de Brice Wine Merchants déguisée en fille de joie ! Même si cette société célèbre en même temps son centenaire et l'anniversaire de son président.

— Beth, j'ai parié deux cents livres avec le directeur du marketing que je présenterais un numéro de cabaret impromptu pour animer cette fête. Je ne peux pas me permettre de perdre.

Il leva vers elle un regard angélique.

— A moins, bien sûr, que tu ne me prêtes les deux cents livres.

— Je rêve ! C'est toi qui as fait ce pari, c'est à toi de te débrouiller. Pourquoi n'appelles-tu pas à ta rescousse l'une de tes innombrables petites amies ?

— Justement, c'est bien là le hic. Depuis six mois, je me suis rangé. J'ai rencontré la femme de ma vie et j'ai la ferme intention de l'épouser. J'ai demandé à Elizabeth de faire ce numéro avec moi, hélas... elle a refusé catégoriquement. Selon elle, il est grand temps que je cesse de me conduire comme un gamin. Tu es mon seul espoir.

Mike amoureux... Mike prêt à se mettre la corde au cou... C'était incroyable ! Beth en fut abasourdie.

— Tu as vraiment l'intention de te marier avec cette fille ?

— C'est mon vœu le plus cher...

Aucun doute, il était sincère.

— ...c'est pour cette raison que je ne peux pas demander à une autre fille de m'aider. Si Elizabeth l'apprenait, mes projets de mariage tomberaient à l'eau. Avec toi je ne cours aucun risque. Si elle découvre que j'ai mis mon plan à exécution, elle ne pourra pas me soupçonner d'infidélité.

Beth ne put retenir un sourire. Ce raisonnement était typique de la logique alambiquée de Mike... Pas un seul instant il ne lui viendrait à l'esprit de renoncer à son idée !

Elle se remémora les circonstances de leur première rencontre. Elle vivait à l'époque avec sa mère à Compton, un village du Devon proche de Torquay. Son père, un acteur qui n'avait jamais connu le succès, était mort depuis plusieurs années d'une hémorragie cérébrale. Sa mère, Leanora, chanteuse sans grand talent, courait désespérément, entre deux mariages, après la gloire. Cet été-là, alors qu'elle chantait dans un théâtre de Torquay, elle était tombée amoureuse de Ted, le père de Mike. C'était l'agent de la star du spectacle et il était veuf lui aussi.

Après quelques mois de passion, Leanora et Ted avaient décidé de se marier. Alors âgée de huit ans, Beth n'avait pas quitté Mike, de quatre ans son aîné, de toute la journée. Après la cérémonie, les invités s'étaient rendus dans le plus grand hôtel de Torquay pour le repas de noce.

Durant la réception, Mike s'était glissé sous la table principale et avait attaché ensemble les lacets du marié et ceux du témoin. Lorsque ce dernier s'était levé pour faire un discours, Ted avait basculé en arrière, entraînant dans sa chute Leanora, qu'il tenait par les épaules.

Aujourd'hui encore, l'évocation de ce souvenir arrachait à Beth un sourire. Les quatre années de mariage de leurs parents avaient été les plus heureuses de son enfance. Après leur divorce, elle avait terminé sa scolarité en pension dans une école religieuse. Mike était toujours resté en contact avec elle. Ses lettres et les quelques vacances qu'ils avaient passées ensemble avaient égayé son adolescence, par ailleurs assez morne.

Voilà pourquoi elle était sur le point, pour la énième fois, de se ridiculiser à cause de lui, pensa-t-elle en pénétrant dans l'ascenseur de l'immeuble de Brice Wine Merchants, trois jours après sa visite...

— Il n'est pas trop tard pour changer d'avis, dit-elle en levant vers Mike un regard implorant.

— Ne t'inquiète pas. Tout va bien se passer. Je me suis arrangé avec Mlle Hardcombe, la secrétaire du président. Dès que nous franchirons la porte, elle mettra la musique ; nous enlèverons nos imperméables et nous exécuterons le numéro que nous avons présenté lors du concert de l'école. C'est tout. Je serai plus riche de deux cents livres et j'aurai attiré l'attention de mon supérieur sur mon esprit créatif...

— Mais enfin, le concert de l'école remonte à plus de dix ans ! s'écria Beth comme la porte de l'ascenseur se refermait. Nous aurions dû au moins répéter. Je suis plus grande, moins souple — et terrifiée.

Leur entrée se déroula sans incident. Il y eut bien quelques moues étonnées parmi l'assemblée exclusivement masculine lorsqu'ils pénétrèrent dans la salle du conseil, mais des sourires éclairèrent les visages quand Mike souhaita un joyeux anniversaire au président.

Hélas, quand ils enlevèrent leurs imperméables sur les

premières notes de musique, les sourires firent place à des gloussements. Les craintes de Beth étaient fondées. Vêtue d'un corsage rouge au décolleté vertigineux, d'une mini-jupe noire en Stretch, et perchée sur des escarpins vermillon à talons aiguilles, elle avait une allure particulièrement provocante.

Le pire était à venir. A la fin du spectacle, Mike la fit tournoyer sur elle-même en la tenant fermement par la main. Encouragé par les bravos enthousiastes, il recommença plusieurs fois, si bien que lorsqu'il la lâcha, elle était tout étourdie. Elle s'écroula les jambes en l'air. L'éclat de rire général qui suivit la mortifia.

Ecarlate, elle leva timidement les yeux. Un seul spectateur ne riait pas. Légèrement à l'écart des autres, il la fixait d'un regard glacial.

C'était de loin l'homme le plus séduisant de l'assemblée. Sa sensualité naturelle, qu'accentuaient ses yeux gris argent et ses cheveux noirs plus ou moins en bataille, adoucissait ce qu'avait d'imposant son corps d'athlète. Avec une mine dédaigneuse, il lui tourna ostensiblement le dos.

« Quel malotru ! » s'indigna-t-elle *in petto*, cependant que ses yeux ne pouvaient s'empêcher de s'attarder sur l'impressionnante silhouette de l'inconnu. Elle eut le sentiment étrange de l'avoir déjà rencontré. Impossible — c'était le genre d'homme qu'aucune femme ne pouvait oublier !

Elle déglutit péniblement. Il venait de se retourner et lui faisait de nouveau face ; il lui adressait à présent un sourire enjôleur.

— Permettez-moi, dit-il d'une voix profonde en lui tendant la main.

Réprimant un frisson au contact de ses longs doigts souples, elle se releva. Ce fut à peine si elle entendit les félicitations des autres invités, tant elle était subjuguée par celui-ci.

10

Elle ne se doutait pas combien elle-même était ravissante. Si elle était, contrairement à sa mère, relativement petite et menue, elle disposait d'atouts non négligeables : d'immenses yeux de jade ourlés de longs cils épais, des lèvres appétissantes et une épaisse chevelure auburn, dont les boucles ébouriffées encadraient un délicat visage.

Elle constata, au comble de l'embarras, que de son décolleté ravageur sa poitrine généreuse menaçait de s'échapper. Décidément, elle avait eu raison de craindre le pire quand elle avait accepté d'exécuter ce numéro avec Mike ! Levant les yeux vers l'inconnu, elle se demanda si elle n'avait pas été victime de son imagination. Comment ce regard de toute évidence admiratif avait-il pu lui sembler hostile ? Etait-elle paranoïaque ?

Retrouvant enfin sa voix, elle murmura :

— Merci.

— Tout le plaisir est pour moi. Je n'ai pas tous les jours l'occasion de me porter au secours d'une jeune femme aussi exquise.

Exquise ! Etait-ce bien à elle qu'il venait de s'adresser ?

Elle entendit vaguement Mike lui demander :

— Tu vas bien, Beth ?

— Très bien. Je vais m'occuper d'elle, intima la voix profonde, teintée d'un léger accent. Si vous êtes d'accord, naturellement, Beth. Puis-je vous appeler Beth ?

Il pouvait l'appeler comme il voulait, du moment qu'il continuait à lui tenir la main et à la contempler avec la mine de qui vient d'exhumer quelque trésor ! pensa-t-elle à peu près avant de murmurer, hypnotisée par la boucle rebelle qui tombait sur son large front :

— Oui, bien sûr.

Il lui pressa la main et glissa un bras autour de sa taille.

— Vous semblez en équilibre précaire. Ces chaussures représentent un véritable danger, déclara-t-il pour justifier ce geste familier.

Son regard d'argent quitta les traits fins de Beth, s'attarda sur sa poitrine, puis descendit jusqu'à ses pieds avant de remonter vers son visage.

Elle sentit son cœur s'emballer. Ce bras puissant autour de sa taille et ce regard pénétrant la troublaient profondément. Que lui arrivait-il ? Jamais encore elle n'avait réagi avec une telle intensité au charme d'un homme. Cette envie irrésistible de poser sa main sur son torse puissant, d'effleurer des doigts le revers de son costume gris perle, puis de remonter vers les boucles noires et soyeuses qui effleuraient le col de sa chemise la surprenait et la ravissait. S'apercevant qu'elle avait levé la main, elle retint une exclamation. Elle avait bien failli suivre son impulsion !

S'écartant de lui, elle risqua d'un ton qu'elle espérait désinvolte :

— Merci, j'ai retrouvé mon équilibre, à présent.

— J'ai bien peur de ne plus jamais pouvoir en dire autant, répliqua-t-il d'une voix rauque. Ne bougez pas, je vais vous chercher à boire.

Lorsqu'il lui tendit son verre, ses longs doigts effleurèrent les siens. Parcourue d'un frisson, elle but une gorgée de champagne pour dissimuler son émoi. Cet homme avait sur elle un effet redoutable — et elle ne connaissait même pas son nom !

— Qui êtes-vous ? demanda-t-elle, aussitôt consternée par la rudesse de son indiscrétion.

— Mes amis m'appellent Dex et mes ennemis, ce fumier de Giordanni. Quant à ma mère, elle m'a donné le nom de Dexter Giordanni. Dexter signifiant « à droite » — peut-être pour compenser le fait que je suis « né de la cuisse gauche ». Vous avez le choix.

Devant l'air choqué de Beth, il se mit à rire.

— Vous ne mâchez pas vos mots, Dex, dit-elle, déconcertée par ce qu'il venait de lui confier le plus naturellement du monde au sujet de sa naissance.

Qu'elle fût déconcertée n'empêcha pas qu'elle lui sourît.

— Alors, nous sommes amis ? s'enquit-il.

— Oui.

— Dans ce cas, puis-je vous inviter à dîner demain soir ?

— Demain soir ? répéta-t-elle, abasourdie.

— Ce soir, je suis malheureusement invité chez le président.

Tirant une carte de sa poche intérieure, il ajouta :

— Donnez-moi votre adresse et votre numéro de téléphone. Je passerai vous prendre à 19 h 30. D'accord ?

Elle hésita. Il était si tentant d'accepter ! N'était-il pas cependant plus raisonnable d'écouter la petite voix intérieure qui lui conseillait de fuir cet homme si elle tenait à son équilibre ? En quelques minutes, n'avait-il pas déjà réussi à semer le trouble dans son esprit... et dans son corps ? Elle lui jeta un regard perplexe et sentit la tension monter entre eux.

Redressant ses larges épaules, il reprit avec raideur :

— A moins, bien sûr, que vous ne soyez déjà prise par votre partenaire.

— Mike ? s'exclama-t-elle en pouffant. C'est mon demi-frère ! Seul l'esprit de famille pouvait me pousser à accepter de me ridiculiser devant une salle pleine d'étrangers. J'ai bien l'intention de régler mes comptes avec lui à la première occasion.

Dex éclata de rire.

— Très bien. Alors, cette adresse, s'il vous plaît. Je vois Brice qui vient vers nous.

Elle inscrivit en toute hâte ses coordonnées sur la carte qu'il lui tendait.

Il rangea celle-ci dans sa poche au moment où le P.-D.G. de Brice Wine Merchants arrivait dans leur parage.

Beth lui jeta un coup d'œil. Pas aussi grand que Dex et bien plus âgé que lui, c'était un homme que son abondante chevelure blanche, entre autres, rendait séduisant.

— Merci, mademoiselle. Vous et Mike avez sans conteste égayé la soirée. Ce garçon ira loin.

De nouveau écarlate, Beth marmonna des remerciements ; l'homme s'était déjà tourné vers Dex.

— Désolé, mon cher Dexter, mais je dois vous arracher à la compagnie de cette charmante jeune femme. Mon épouse nous attend à 19 h 30.

— Bien sûr, Brice, répondit Dex avec déférence.

Puis, comme un invité prenait le président à part, il se pencha vers Beth et lui murmura à l'oreille :

— Vous avez fait forte impression sur Brice. Vous aimez les hommes mûrs, n'est-ce pas ?

Elle scruta avec perplexité son sourire ambigu, ses yeux gris. Etait-il sérieux ? Avant qu'elle ait pu trouver la réponse, Brice intervint.

— Allons-y, Dexter. Je ne veux pas faire attendre ma femme.

— J'arrive, répliqua Dex.

Puis, à l'oreille de Beth :

— 19 h 30, n'oubliez pas. De toute façon, je vous téléphonerai demain.

Il tourna les talons et partit avec Brice.

Beth, le suivant des yeux, laissa échapper un soupir. Il ne téléphonerait pas, c'était certain... N'était-ce pas mieux ainsi ?

Elle observa alors la petite assemblée. Visiblement, les autres invités avaient décidé de faire un sort aux nombreuses bouteilles encore pleines. Elle n'avait plus rien à faire ici.

Après avoir enfilé son imperméable, elle s'approcha de Mike et lui glissa à l'oreille :

— Je te laisse à ta beuverie. Ne crois pas que tu vas t'en tirer aussi facilement. Tu as une énorme dette envers moi.

— Tu devrais plutôt me remercier. Tu as manifestement séduit l'un des célibataires les plus fortunés d'Europe. Je l'ai entendu t'inviter à dîner.

14

Maudissant intérieurement son teint de rousse, Beth sentit ses joues s'empourprer. Elle hésita, partagée entre le désir de s'échapper et celui d'en apprendre plus long sur Dex.

— M. Giordanni ? Tu le connais ? demanda-t-elle en s'efforçant de prendre un air détaché.

— Pas exactement. J'en ai entendu parler. Comme tout le monde. Au cours des dix dernières années, il s'est forgé une réputation d'homme d'affaires redoutable. Je sais qu'il possède, entre autres, une compagnie maritime et une chaîne d'hôtels internationale. Brice et lui sont sur le point de signer un contrat pour l'approvisionnement en alcool de ses établissements. Il aurait également acquis le Seymour Club, un des plus grands casinos de Londres. C'est la raison de sa présence ici, je suppose. Je crois qu'il vit en Italie.

Plus Mike parlait, plus Beth se sentait abattue. Dexter Giordanni et elle n'appartenaient absolument pas au même monde...

— Je vois, commenta-t-elle avec un sourire désabusé. Je m'en vais. Passe une bonne soirée, Mike.

Puis elle quitta la pièce.

Pendant quelques minutes, elle avait eu le sentiment d'avoir rencontré l'homme de sa vie. Que s'était-elle imaginé ? Le coup de foudre était un mythe...

Pour la centième fois, de retour chez elle, elle se jura de ne plus jamais se laisser entraîner dans les plans insensés de Mike. Quant à ce M. Giordanni, il avait simplement saisi l'occasion de flirter avec la seule femme présente. Il l'avait certainement déjà oubliée. Mieux valait le chasser de son esprit...

Après une douche roborative, elle passa un peignoir en éponge et se pelotonna dans son unique fauteuil. Enfin seule, et contente de l'être ! C'était étrange ; lorsqu'elle était enfant, elle rêvait d'appartenir à une famille nombreuse. Elle n'avait que deux ans quand son père était mort, et n'avait donc aucun souvenir de lui. Quand elle avait atteint six ans, sa mère avait divorcé de son premier beau-père, puis étaient venus Mike et son père, dans la villa de Torquay. Pendant quelques années, elle avait enfin eu le sentiment de faire partie d'une vraie famille. Mais la rencontre d'un jeune acteur avait poussé sa mère au divorce, avant de placer Beth en pension pour accompagner en tournée son quatrième mari.

Un an plus tard, celui-ci avait demandé le divorce, et pour une fois, ce fut sa mère qui souffrit. Leanora ne baissait jamais les bras, pensa Beth en s'étirant dans son fauteuil. Depuis trois ans, elle était mariée avec un éleveur de bétail australien. Le pauvre homme visitait le Devon dans le but d'établir son arbre généalogique, quand Leanora l'avait convaincu qu'il avait besoin d'une épouse. Beth n'avait encore jamais rencontré son quatrième beau-père...

Oui, après l'aventure dans laquelle l'avait entraînée Mike cet après-midi, quel plaisir de se retrouver seule chez soi! se dit-elle en étouffant un bâillement. Sans famille, la vie n'était pas si désagréable...

Un peu plus tard, alors qu'elle se lovait dans son lit, une petite voix intérieure lui suggéra que la vie serait sans doute encore plus agréable si le séduisant Dexter Giordanni l'emmenait dîner le lendemain soir. Et c'est avec à l'esprit l'image très nette de deux fascinants yeux gris qu'elle s'endormit.

2.

Beth considéra la pile de linge sale sans enthousiasme. Samedi était le jour de la lessive, du ménage et des courses — toujours dans cet ordre ; d'ordinaire, consacrer la journée aux travaux domestiques ne lui déplaisait pas. Aujourd'hui, elle n'en avait aucune envie. Avec un soupir, elle remplit la machine à laver... le ménage attendrait. Au diable les habitudes ! Elle ferait les courses dans la foulée — sans vouloir s'avouer que c'était pour être de retour le plus tôt possible, au cas où Dexter Giordanni appellerait.

En fin d'après-midi, son appartement impeccable, ses vêtements séchés et repassés, elle commençait à regretter d'avoir refusé d'accompagner au cinéma son amie Mary. La mort dans l'âme, elle se préparait à passer la soirée seule devant la télévision. Quelle idiote ! Comment avait-elle pu croire un seul instant que Dexter Giordanni avait réellement l'intention d'inviter à dîner une fille comme elle ?

Malgré tout, elle ferait aussi bien de prendre une douche et de se laver les cheveux. Au pire cela l'occuperait. Après s'être déshabillée dans sa chambre, elle s'apprêtait à gagner la salle de bains, lorsque la sonnerie du téléphone la fit sursauter.

Elle décrocha d'un geste brusque.

— Oui ?

— J'espère que je ne vous dérange pas, dit une voix déjà familière, à l'autre bout de la ligne.

— Non, non, pas du tout. J'étais sur le point de prendre une douche, répliqua-t-elle sans réfléchir.

— Ah, l'image est *incantavole*, mais je ne veux pas vous retarder. Je téléphone simplement pour confirmer notre rendez-vous. Vous êtes toujours d'accord pour 19 h 30 ?

— Que veut dire *incant*... ?

— Enchanteresse... *Ciao*.

Beth resta un long moment immobile, le combiné à la main. Enchanteresse...

Une heure plus tard, drapée dans une serviette, elle passait en revue le contenu de son armoire avec angoisse. Giordanni serait là dans vingt minutes et elle n'avait rien à se mettre ! Excepté quelques tailleurs qu'elle portait au bureau, sa garde-robe était constituée pour l'essentiel de jeans et de pulls. Pourquoi, mais pourquoi n'avait-elle pas profité de son après-midi pour s'offrir une tenue digne de Dex ?

Elle jeta un coup d'œil par la fenêtre. Pas de miracle, le temps n'avait pas changé. Il faisait toujours gris et froid... Avec un soupir résigné, elle sortit de la penderie sa seule robe habillée. C'était un fourreau de satin noir orné de fils dorés, qu'elle avait acheté en juillet pour le bal de la remise des diplômes. Profondément décolleté devant et derrière, il s'arrêtait quelques centimètres au-dessus des genoux, dévoilant ses jambes galbées. Elle le lança sur le lit et continua de fouiller dans l'armoire. Cette robe, quoique très seyante, n'était pas assez chaude pour une soirée d'automne.

Une de ses amies sortait jambes et bras nus par tous les temps. Beth, très frileuse, n'était pas près de l'imiter. Pas question de risquer une pneumonie par souci d'élégance ! Elle prit donc à contrecœur sur une étagère un châle de laine noir passe-partout.

Sur un slip de dentelle noire et un porte-jarretelles assorti, elle passa la robe, trop décolletée dans le dos pour être portée avec un soutien-gorge.

Elle s'assit devant sa coiffeuse et ombra ses paupières de fard vert Nil, puis appliqua du mascara sur ses longs cils épais. Un soupçon de brillant à lèvres et elle était presque prête...

Il ne lui restait plus qu'à brosser vigoureusement ses boucles auburn, puis à les relever en un chignon souple.

Satisfaite du résultat, elle se leva et sortit du tiroir de la coiffeuse une paire de bas noirs très fins qu'elle enfila avec précaution. Se redressant, elle lissa sa jupe sur ses hanches, puis examina son reflet dans le miroir : pas de faux plis, c'était parfait !

Elle venait de mettre des escarpins vernis noirs lorsque la sonnerie retentit. Jetant le châle sur ses épaules, elle se précipita vers la porte d'entrée et pressa, le cœur battant, le bouton de l'Interphone.

— Giordanni, annonça la voix chaude.

— Je descends tout de suite.

L'inviter à monter était tentant, mais il l'impressionnait trop...

Les portes de l'ascenseur s'ouvrirent sur le hall de l'immeuble. Appuyé nonchalamment contre le mur, vêtu d'un smoking noir visiblement taillé sur mesure et d'une chemise de soie blanche agrémentée d'un nœud papillon de velours noir, il était plus séduisant que jamais. Beth s'imagina soudain en train de dénouer son nœud papillon et de déboutonner sa chemise pour caresser son torse puissant. Pourquoi ne l'avait-elle pas invité à prendre un verre chez elle ? Profondément troublée, elle rougit tandis qu'il s'avançait vers elle, les yeux étincelants.

— J'avais raison, vous êtes enchanteresse. Sommes-nous prêts ? murmura-t-il en lui prenant le bras.

Elle parvint tout juste à articuler : « Bonsoir, Dex », tandis qu'il la conduisait hors de l'immeuble vers une limousine noire dans laquelle attendait un chauffeur.

— Je n'ai pas de voiture à Londres. Je ne viens pas souvent et lorsque je suis de passage, je fais appel à une agence de location. J'espère que vous ne voyez pas d'objection à être conduite par un chauffeur ce soir, Beth. J'ai pensé que nous pourrions célébrer notre rencontre avec quelques coupes de champagne et je ne prends jamais le volant quand j'ai bu.

— Voilà qui est très louable, commenta-t-elle en s'efforçant de maîtriser les battements de son cœur.

Assise tout près de lui sur le siège arrière, sa cuisse puissante effleurant la sienne, elle était tétanisée.

— Louable?

Il lui prit la main et la porta à ses lèvres. Une lueur malicieuse brillait dans ses yeux argent.

— Beth, je vous apprécie pour votre franchise et votre naturel. Alors par pitié, ne prenez pas tout à coup cet air guindé !

Curieusement, son regard amusé et le contact de ses lèvres sur ses doigts apaisèrent Beth autant qu'ils la troublèrent.

— Vous avez raison. « Louable » est un peu pompeux. Mais je suis nerveuse. Cette limousine... C'est très impressionnant.

— Je ne vous fais pas peur, j'espère? s'enquit-il d'une voix douce.

Sans attendre sa réponse, il ajouta :

— Vous n'avez rien à craindre de moi. Je suis certain que vous vous habituerez très vite à mon train de vie. En général, les femmes s'adaptent facilement à ce genre de situation.

Beth leva les yeux vers lui, choquée par cette dernière remarque. Pourquoi ce cynisme? Il déposa un baiser furtif sur son front.

— Ne prenez pas cet air inquiet. Ce soir, nous allons nous amuser. Je vous le promets.

Ce geste tendre dissipa tous les doutes de Beth et, une

demi-heure plus tard, assise en face de lui dans un restaurant cossu, elle se demanda pourquoi elle s'était inquiétée. C'était le compagnon idéal. Attentionné, il était également plein d'humour et sut la mettre très rapidement à l'aise, même s'il se permettait de temps à autre de flirter.

Tout en dégustant les hors-d'œuvre, ils firent connaissance. Dex était âgé de trente-trois ans, Beth, de vingt et un. Elle lui parla de sa passion pour le dessin, puis il lui décrivit avec enthousiasme toutes les sociétés qu'il possédait.

— Vous ne faites pas partie de ces révolutionnaires au grand cœur qui trouvent répugnants les hommes riches, j'espère ?

Pourquoi sa plaisanterie sonnait-elle faux ? Elle répondit sur le même ton.

— Au contraire ! J'ai entendu dire qu'une femme n'est jamais trop mince ni trop riche, et j'ai tendance à penser que c'est vrai.

— Bravo ! Dès que je vous ai vue, j'ai su que nous étions faits pour nous entendre, dit-il d'une voix traînante.

Beth sentit ses joues s'empourprer. Elle ne savait plus trop sur quel pied danser. Devait-elle prendre cette déclaration pour un compliment ou pour un outrage ?

Néanmoins, les hors-d'œuvre terminés, elle était parfaitement détendue et avait l'impression qu'ils se connaissaient depuis des années.

— Très honnêtement, Dex, je ne pense pas que je vais pouvoir manger tout cela, dit-elle en découvrant son canard aux canneberges.

Il semblait délicieux, mais après une salade d'asperges et une assiette de poissons fumés aux betteraves, elle n'avait plus faim.

— Mangez ce que vous pouvez et laissez le reste. Pour ma part, j'ai un appétit féroce. J'ai bien l'intention de tout déguster jusqu'à la dernière bouchée. C'est ainsi que je conçois la vie...

Il plongea ses yeux dans les siens, avant de les baisser délibérément vers son décolleté suggestif.

L'allusion était claire... Beth fut parcourue d'un long frisson.

— Vous me faites un effet extraordinaire, reprit-il. Dès que je vous regarde, je n'ai plus qu'une envie : vous attirer dans mon lit.

Elle faillit s'étrangler.

— Vous savez que c'est vrai et vous ressentez la même chose, affirma-t-il avec aplomb, avant d'ajouter sur un ton plus doux :

— Peut-être le moment est-il mal choisi pour ce genre de discussion?

Elle aurait aimé pouvoir protester. Son arrogance était insultante. Mais comment nier l'évidence? Il avait malheureusement raison. Elle se contenta donc de demander :

— Etes-vous toujours aussi direct lors d'un premier rendez-vous?

— Non, c'est vous qui me faites perdre la raison, Beth, répliqua-t-il en lui prenant la main. Parlez-moi encore de vous. De vos amis, de votre famille. Je veux tout savoir. Il est urgent de détourner mon attention de vos... appas ensorcelants. S'il vous plaît...

Il était décidément impossible! Elle accéda à sa demande en souriant.

— Ma famille est très réduite. Je n'ai aucun souvenir de mon père, mort alors que j'étais encore un bébé. J'ai passé la plus grande partie de ma vie dans le Devon avec ma mère. Elle aspirait à se faire un nom dans la chanson. Elle avait également une propension fâcheuse à enchaîner les mariages. Actuellement, elle vit en Australie avec son cinquième mari. Nous nous écrivons de temps en temps. Je ne l'ai pas vue depuis trois ans.

Elle se tut et but une gorgée de champagne. Bien qu'elle ne l'eût avoué pour rien au monde, parler de Leanora la bouleversait toujours.

— Vous avez dû souffrir, murmura-t-il.

— Non, pas vraiment, assura-t-elle aussitôt, émue par son ton compatissant. Je me suis habituée à cette vie et j'y ai gagné un demi-frère — Mike. Sans qui je n'aurais jamais fait votre connaissance.

Elle s'interrompit brusquement. Le champagne lui montait à la tête et lui déliait un peu trop la langue...

Dex leva son verre en souriant.

— Un toast à une maman collectionneuse de maris et à un demi-frère sans lequel nous ne nous serions jamais rencontrés.

Embarrassée, et secrètement ravie, elle l'imita. Elle but une gorgée, puis repoussa son assiette.

— Je ne peux vraiment plus rien avaler de ce délicieux repas !

— Je n'ai pas ce problème. Je crois que je vais prendre un dessert. J'aime les douceurs.

Le regard gourmand, il ajouta :

— Vous êtes la douceur la plus tentante qu'on puisse imaginer. Aurai-je le plaisir de vous déguster, Beth ?

Devant son air confus, il éclata de rire.

Elle aurait voulu s'indigner ; son rire était communicatif.

— Ce soir, j'ai au moins appris une chose : vous êtes un incorrigible séducteur, monsieur Dexter Giordanni.

— Uniquement avec vous, Beth. Uniquement avec vous.

Si seulement elle pouvait le croire ! songea-t-elle, tandis qu'il réglait l'addition. Jamais aucun des hommes avec qui elle était sortie — ils n'étaient d'ailleurs pas si nombreux — ne lui avait fait passer une soirée aussi merveilleuse. Elle pourrait très facilement tomber amoureuse de Dex... Cette constatation l'effraya autant qu'elle l'excita.

Dex se leva, prit le châle que lui tendait une hôtesse et couva Beth d'un regard sensuel quand elle se leva à son tour et lissa sa robe sur ses hanches minces.

— Vous êtes magnifique, murmura-t-il en l'envelop-pant dans le châle. Partons d'ici avant que je ne perde le contrôle de moi-même.

Glissant un bras autour de sa taille, il l'escorta jusqu'à la limousine.

A l'intérieur, il l'attira contre lui. Beth sentit son cœur s'emballer ; elle frissonna sous son regard de braise.

— Vous n'avez rien à craindre de moi, chuchota-t-il.

Lui faisant instinctivement confiance, elle se blottit contre son torse puissant avec un petit soupir, sans même se soucier de leur destination. Le reste du trajet s'effectua en silence.

— Où sommes-nous ? demanda Beth quand la voiture s'arrêta.

— Je vais vous montrer mon nouveau casino.

Il l'aida à descendre de voiture, puis, lui prenant la main, la conduisit jusqu'à une lourde porte noire — et la fit pénétrer dans un autre monde.

A peine étaient-ils entrés qu'une jeune femme se préci-pita vers Beth pour la débarrasser de son châle. Dex la présenta à un homme trapu au visage fermé — M. Black, le directeur du casino.

Puis il l'entraîna dans une salle immense éclairée par d'imposants lustres de cristal. Une foule élégante se pres-sait autour des tables de jeu, tandis que des machines à sous alignées contre le mur évoquaient une armée de robots intergalactiques. A droite de l'entrée, un escalier majestueux menait à l'étage supérieur. Si l'endroit était magnifique, elle fut avant tout frappée par la fièvre qui semblait consumer les clients. Quelle vision sinistre ! Elle en eut la chair de poule.

— Vous semblez interloquée, fit observer Dex. Ne me dites pas que c'est la première fois que vous venez dans un casino ?

— Si, justement. Et je n'arrive pas à croire qu'il y ait autant de gens prêts à gaspiller leur argent de cette manière, répondit-elle avec franchise.

— Alors tu n'as rien vu, poupée, lança-t-il en prenant l'accent américain. Ne me lâche pas d'une semelle et je te jure que tu ne le regretteras pas.

Puis, la prenant par la taille, il éclata de rire devant son air outragé. Ses plaisanteries la prenaient toujours par surprise.

— Vous êtes insupportable ! s'exclama-t-elle en riant.

— C'est plus fort que moi, je ne peux pas m'empêcher de vous taquiner.

A cet instant, M. Black vint lui murmurer quelque chose à l'oreille.

— Excusez-moi, Beth, un problème à régler. Je dois me rendre à l'étage ; je vais vous faire visiter les lieux en chemin. Derrière cette porte à deux battants sur la gauche, le bar et le restaurant. A l'étage se trouvent deux autres salles de jeu, ainsi que les bureaux, ajouta-t-il en lâchant sa taille pour gravir les marches.

L'observant à la dérobée, Beth ne le reconnaissait pas. Grave et distant, il monta rapidement l'escalier, puis traversa une salle à grands pas, répondant d'un mot ou d'un signe de tête aux saluts respectueux des clients.

Il émanait de lui une autorité naturelle qui en imposait à tous.

Beth frissonna. Cet homme était dangereux... Au même instant, il posa une main sur son épaule et cette idée lui parut ridicule. Le contact de ses doigts sur sa peau suffisait à effacer toute appréhension.

Lorsqu'il pencha la tête vers elle, elle crut qu'il allait l'embrasser. A sa grande déception, il lui dit d'un ton neutre

— Black est allé vous chercher des jetons, afin que vous puissiez jouer en m'attendant.

Jouer ? Elle n'y connaissait rien ! Elle regarda autour d'elle avec curiosité. Sans nulle machine à sous, la salle était plongée dans un silence religieux que troublait, de temps à autre, la voix d'un croupier. Autour des tables, de

nombreux hommes, dont certains ressortissants des Emi-
rats arabes, à en juger par leur tenue. Les quelques
femmes présentes, la plupart assez âgées, étaient parées
de bijoux dont la valeur dépassait sans doute largement le
montant de la dette nationale.

— Tenez, Beth, dit Dex en lui tendant une poignée de
jetons. Amusez-vous bien. Je n'en ai pas pour longtemps.

— Je ne peux pas venir avec vous ? laissa-t-elle échapper. Je n'ai jamais joué et cela ne me dit rien.

Il lui saisit le menton.

— Vous êtes resplendissante, Beth. J'en aurai terminé
beaucoup plus vite si vous n'êtes pas à mes côtés. Votre
présence me distrait trop. Vous comprenez ? Ne vous
inquiétez pas, vous serez parfaitement tranquille. Personne ne vous ennuiera.

Il la caressa des pieds à la tête d'un regard langoureux.

— Très... très bien, bégaya-t-elle.

Détachant ses yeux de ceux de Dex, elle balaya la salle
du regard et étouffa une exclamation de surprise.

Grand, mince, les cheveux blond platiné, vêtu d'un
smoking parfaitement coupé, Paul était un homme d'une
grande distinction. Quelques rides reflétaient son âge
— cinquante-trois ans — sans porter atteinte à la beauté
de ses traits.

Paul Morris... Il l'aperçut. Visiblement surpris, il se
dirigea vers elle d'un pas déterminé. Que faisait-il à
Londres ? Il était censé se trouver en Italie. Pourquoi
était-il rentré si tôt ? Beth sourit avec soulagement. Au
moins, elle ne resterait pas seule.

Elle se tourna vers Dex qui la tenait toujours par
l'épaule.

— D'accord, je vais rester.

— Non, tu avais raison. Tu vas venir avec moi,
intima-t-il d'un ton cassant en l'attirant contre lui d'un
geste vif.

— Bethany, quel bon vent ? demanda Paul en arrivant
à leur hauteur.

Sans attendre de réponse, il salua Dex d'un bref signe de tête.

— Giordanni, j'ai entendu dire que vous étiez le nouveau propriétaire des lieux. Félicitations.

Il reprit à l'adresse de Beth :

— Je ne savais pas que tu connaissais M. Giordanni.

— Et moi, je te croyais en Italie, rétorqua-t-elle.

Lorsqu'ils avaient dîné ensemble dix jours plus tôt, il lui avait annoncé son départ.

— J'en viens. Et j'y retourne demain. J'avais une affaire urgente à régler. Je suis de passage pour 24 heures. C'est pour cette raison que je ne t'ai pas téléphoné. Assez parlé de moi. Que fais-tu ici ? Tu ne joues pas, que je sache ?

Beth ouvrit la bouche pour répondre ; Dex la devança.

— Mademoiselle est avec moi, Morris. Et nous avons une affaire urgente à régler en privé. N'est-ce pas, chérie ?

Inclinant la tête, il effleura sa bouche de ses lèvres. Cette simple esquisse de baiser fit battre la chamade au cœur de Beth.

— J'espère que tu sais ce que tu fais, Beth, intervint Paul.

— Oui, bien sûr, murmura-t-elle.

Paul soupira d'un air résigné.

— Vous êtes un homme d'expérience, Morris. Je suis sûr que vous comprenez, déclara sèchement Dex. Veuillez nous excuser, et passez une bonne soirée.

Puis il entraîna Beth à sa suite, qui eut tout juste le temps de lancer par-dessus son épaule :

— A bientôt, Paul !

Dex la précéda dans un couloir faiblement éclairé. Elle était sur le point de lui demander pourquoi cette hâte — elle aurait aimé bavarder avec Paul — lorsqu'il s'enquit d'un ton rogue :

— Le vieux Morris est un de vos amis ?

— Oui, c'est...

Il ne lui laissa pas le temps de terminer sa phrase.

Capturant ses lèvres dans un baiser dominateur, il la plaqua contre le mur. Choquée par cette étreinte agressive, elle se débattit. En pure perte. Il était beaucoup plus fort qu'elle, bien sûr. Sa bouche continuait à dévorer la sienne avec rudesse.

Ses lèvres cependant se firent bientôt plus douces et Beth n'eut plus envie de lui opposer la moindre résistance. Retenant un gémissement, elle noua ses mains autour de sa nuque et l'embrassa avec ferveur.

Jamais un baiser ne l'avait bouleversée à ce point ! Mélange détonant de fougue et de tendresse, il se prolongea un temps infini. Lorsqu'une des mains de Dex descendit le long de son cou avant de se refermer sur le galbe d'un sein, Beth crut défaillir. La main puissante continua sa descente voluptueuse vers le creux de ses reins, enveloppa la rondeur d'une fesse. Le sang de Beth battait sourdement à ses tempes, tandis que son corps embrasé se cambrait sous les doigts de son compagnon. Quand elle les sentit glisser sur sa chair nue au-dessus de ses bas, elle fut prise de panique.

— Non, protesta-t-elle en refermant la main sur le poignet de Dex.

— Des bas. Tu as décidé de me rendre fou ? marmonna-t-il en s'écartant d'elle, le souffle court.

Ils se contemplèrent un moment en silence, incapables l'un comme l'autre de parler. Dex se reprit le premier.

— J'avais évidemment constaté que le courant passait entre nous... Je suis tout de même surpris par son intensité, murmura-t-il, les yeux étincelants.

Le cœur battant à tout rompre, Beth restait pétrifiée. Etait-ce bien elle qui avait répondu avec une telle ardeur à son baiser ? L'ivresse dans laquelle la plongeaient les caresses de cet homme était stupéfiante.

— J'aurais dû vous laisser près des tables de jeu. Vous

me faites perdre la raison, ma princesse, dit-il avec un sourire d'autodérision.

Encore tout étourdie, elle ne pouvait articuler un seul mot. Puis M. Black apparut au bout du couloir et Dex redevint un homme d'affaires parfaitement maître de lui. Il la conduisit jusqu'à un bureau qui ouvrait sur un sanctuaire secret — à la fois poste de commandement du directeur et salle des coffres, lui expliqua Dex avant d'y pénétrer.

Beth l'attendit, assise dans un fauteuil, toujours aussi effarée par l'effet dévastateur de ce baiser explosif. A son grand soulagement, lorsque Dex revint la chercher, il lui proposa de la ramener chez elle. Dans la voiture, il lui dit qu'il passerait la prendre le lendemain matin à 10 heures. Après l'avoir raccompagnée jusqu'à la porte de son appartement, il effleura ses lèvres et s'en alla.

Epuisée, heureuse, elle se traîna jusqu'à son lit, certaine de s'endormir sitôt allongée. Mais, poursuivie par le souvenir brûlant des lèvres et des doigts de Dex, elle se tourna et se retourna sous sa couette, tous les sens en émoi.

Enfouissant le visage dans son oreiller, elle tenta de faire le vide dans son esprit. Quelque chose l'en empêchait. De quoi s'agissait-il ?

Tout à coup, elle se souvint. Dex lui avait donné des jetons pour qu'elle puisse jouer. Après leur rencontre avec Paul, il avait changé d'avis. Serait-il jaloux ?

En tout cas, l'attirance qu'elle éprouvait pour lui était manifestement partagée... Sur cette pensée délicieuse, elle finit par glisser doucement dans le sommeil.

3.

Quand Beth se réveilla, le soleil d'automne inondait sa chambre. Le temps reflétait son humeur. Dexter Giordanni était entré dans sa vie et celle-ci se teintait de rose... Elle bondit de son lit et se dirigea vers la salle de bains en prononçant ce nom à voix haute. Comme elle l'aimait! Autant que l'homme qui le portait.

Au moment d'entrer sous la douche, elle se figea. Que venait-elle d'admettre, comme si de rien n'était? Qu'elle avait succombé au coup de foudre?

Elle ouvrit le robinet avec une moue perplexe. Le coup de foudre! C'était impossible. Elle s'était toujours vantée, au sujet des hommes, de son discernement. Jamais aucun n'avait réussi à la séduire. L'exemple de sa mère lui avait appris dès son plus jeune âge que l'amour absolu n'existait pas. Plus tard, le défilé incessant des petites amies de son demi-frère l'avait confortée dans son opinion. Et pourtant, voilà qu'elle était follement éprise d'un homme qu'elle venait à peine de rencontrer!

Après avoir terminé sa douche sous un jet d'eau glacée pour se remettre les idées en place, elle résolut de prendre un peu de distance avec Dex. Pour commencer, elle allait adopter une tenue très sage : pantalon bleu marine, chemise de soie blanche et cardigan bouton d'or. Inutile d'encourager ses élans de passion, se dit-elle en prenant son petit déjeuner. En même temps qu'il l'envoûtait, le désir de Dex l'effrayait.

En lui ouvrant la porte, une heure plus tard, ses bonnes résolutions s'évanouirent. Jusqu'à présent, elle ne l'avait vu qu'en tenue de soirée; ce matin il était vêtu d'un blouson de cuir noir sur un pull à col roulé de même couleur et d'un jean qui le moulait comme une seconde peau, frisant l'indécence. Une boucle rebelle sur le front, les yeux brillant d'une lueur à la fois malicieuse et sensuelle, il était splendide et le savait manifestement.

— Allez-vous m'inviter à entrer, ou suis-je censé rester sur le palier toute la journée?

— Non... non, excusez-moi. Entrez...., bafouilla Beth en reculant pour le laisser passer, tandis qu'il partait d'un grand éclat de rire.

Debout au milieu du salon, il promena autour de lui un regard attentif.

— Ça ne ressemble pas du tout à ce que j'avais imaginé.

Aussitôt, Beth fut sur la défensive. Elle ne supporterait pas qu'il critique son intérieur!

— Je n'habite ici que depuis quelques mois. Il faut du temps et de l'argent pour meubler et décorer un appartement.

Elle essaya de regarder la pièce du point de vue de Dex. Petite, elle était en grande partie occupée par un ordinateur et une grande table à dessin d'un côté, de l'autre par la télévision et la chaîne hi-fi. Quelques-unes de ses affiches favorites ornaient les murs blancs. A côté de son unique fauteuil, de cuir noir, légèrement défoncé, un vieux coffre en bois qu'elle avait déniché à Portobello faisait office de table basse. Le reste du mobilier consistait en trois poufs écarlates.

S'approchant d'elle, Dex lui prit délicatement le menton.

— Je n'avais pas l'intention de vous offenser, au contraire. J'aime ce décor. Il vous ressemble : il est gai et lumineux.

Fascinée par ses yeux gris, elle resta muette.

— J'ai été surpris par la planche à dessin. Vous n'utilisez pas l'informatique ?

— J'aime tester mes idées sur ordinateur puis les concrétiser sur la planche. Je préfère cette méthode traditionnelle de dessin, répondit-elle, enfin à même d'enchaîner deux phrases cohérentes.

Dex pencha la tête vers elle et, pensant qu'il allait l'embrasser, elle retint son souffle. Il se contenta de remettre en place une mèche auburn.

— Si une visite guidée de votre chambre n'est pas prévue, je suggère que nous nous en allions, plaisanta-t-il.

— Je suis certaine que vous n'avez jamais eu besoin d'être guidé pour visiter la chambre d'une dame, répliqua-t-elle sur le même ton moqueur.

Dex pouffa.

— Vous me connaissez déjà trop bien. Ce qui fait de vous une femme dangereuse.

Il riait encore lorsqu'il lui ouvrit la portière d'une BMW noire.

Le trajet se déroula dans une atmosphère détendue. Dex lui dressa le portrait de quelques-uns des joueurs les plus pittoresques qu'il avait croisés dans ses casinos, la faisant beaucoup rire.

Elle se rendit compte cependant qu'il prenait lui aussi son travail très au sérieux. S'il dirigeait toutes ses sociétés depuis Rome, où il passait le plus clair de son temps, il tenait à se rendre au moins une fois par an dans chacun de ses hôtels, paquebots et casinos. Actuellement, il résidait dans son hôtel londonien. Dès qu'il aurait réglé les affaires qui l'avaient amené en Angleterre, il repartirait pour l'Italie. Il possédait également un appartement à New York, mais préférait de loin Rome.

Ces confidences confirmèrent à Beth qu'un gouffre les séparait. Un homme d'affaires aussi riche et sophistiqué que Dex avait toutes les chances de se lasser très vite d'une modeste graphiste qui tirait le diable par la queue.

Tout en l'observant à la dérobée comme ils quittaient la ville, Beth espéra qu'elle se trompait. Il lui semblait aujourd'hui plus jeune et moins sûr de lui. Peut-être était-ce dû à sa tenue décontractée? Elle l'admira en silence, en proie au trouble qui l'envahissait chaque fois qu'elle se trouvait en sa compagnie.

Tentant de penser à autre chose, elle demanda :

— Où allons-nous? Vous ne m'avez rien dit.

— Jusqu'au bout du monde, répliqua-t-il avec un sourire malicieux.

La voyant rougir, il ajouta :

— Détendez-vous. Nous allons à New Forest.

Peu de temps après, il se gara dans un sentier forestier, au bord d'une clairière. Beth descendit de voiture et promena autour d'elle un regard émerveillé. L'endroit était enchanteur. A cette période de l'année, avec ses arbres aux feuilles flamboyantes se détachant sur le vert profond des pins, la forêt était une fête pour les yeux.

Main dans la main, ils s'enfoncèrent dans les bois, où ils aperçurent des écureuils rouges, des lapins et les fameux poneys sauvages qui faisaient la réputation de l'endroit. Ils eurent également le plaisir inattendu de voir détaler un daim à quelques mètres d'eux. Puis Dex alla chercher dans le coffre de la voiture le panier contenant le pique-nique et un plaid, qu'il étendit sous un chêne.

Le panier venait du meilleur traiteur de Londres, bien sûr! pensa Beth avec un brin de dérision. Mais rien ne pouvait gâcher son plaisir. La douceur inhabituelle de cette journée d'automne était délicieuse. Ils retirèrent leurs blousons et s'assirent sur le plaid, de part et d'autre du panier. Ils dégustèrent caviar et foie gras arrosés de champagne, avant d'attaquer le poulet, qui fut suivi d'un somptueux plateau de fromages et d'une corbeille de fruits exotiques. Après quoi, repue, Beth s'allongea sur le dos et s'endormit.

Elle fut réveillée par des chatouillements sur son épaule.

34

— Vous êtes irrésistible quand vous dormez, murmura la voix chaude de Dex.

Ouvrant les yeux, elle le vit penché sur elle, appuyé sur un coude. De sa main libre, il lui caressait le bras, tandis que ses lèvres lui effleuraient l'oreille.

— Dex, où est passé le panier ?

Lorsqu'elle s'était endormie, le panier de pique-nique les séparait. Voilà qu'elle se réveillait pratiquement collée à lui !

Sans répondre, il traça un sillon de baisers sur sa joue avant d'en déposer un tout léger sur son nez.

Enivrée par son parfum poivré, elle fut parcourue d'un long frisson.

— J'ai enlevé ce satané panier parce que j'ai cru que vous ne vous réveilleriez jamais. Or je ressentais le besoin urgent de vous embrasser.

Ce qu'il fit, avec tendresse et passion. Elle ferma les yeux, s'abandonnant au tourbillon de sensations exquises qui la submergeait.

— Tu me rends fou, Beth, chuchota-t-il à son oreille avant de demander d'une étranglée :

— Veux-tu être mienne ?

Le souffle coupé par son baiser, elle fut incapable de prononcer un mot et se contenta de le regarder de ses grands yeux de jade.

Un sourire gourmand étira les lèvres de Dex.

— Tu ne réponds pas, ma beauté ? Alors laisse-moi te convaincre.

Beth sentit quelque chose de chaud se nouer au creux de son ventre. Elle avait tellement envie de lui, elle aussi !

— Mais...

Ils se trouvaient en pleine nature. A tout instant quelqu'un pouvait passer et les voir, s'apprêtait-elle à faire observer. Les mots restèrent bloqués dans sa gorge, car la main de Dex venait de se poser sur un de ses seins, tandis qu'il lui mordillait tendrement les lèvres. Etouffant un gémissement, elle se plaqua contre lui. Avec une douceur diabolique, il glissa sa langue entre ses lèvres gonflées et goûta la douceur tiède de sa bouche. Les dernières réticences de Beth furent balayées. Répondant avec fièvre à son baiser, elle noua les mains sur la nuque de son compagnon.

— Enfin, chuchota-t-il. Tu as envie de moi ! Autant que j'ai envie de toi. Je le savais.

Au contact de la virilité pleinement éveillée de Dex contre sa hanche, Beth crut que son cœur allait s'arrêter. Elle ne protesta pas quand il défit avec habileté les boutons de son chemisier.

— La vilaine ! plaisanta-t-il. Tu portes un soutien-gorge, aujourd'hui.

En un éclair, il défit l'agrafe de ce dernier et le lui ôta prestement en même temps que son chemisier.

— S'il était destiné à me décourager, Beth, il a échoué dans sa mission, se moqua-t-il gentiment, tout en admirant ses seins épanouis aux pointes tendues. Mon Dieu, que tu es belle !

Elle sentit une chaleur intense l'envahir de la pointe des pieds à la racine des cheveux. Ses yeux de jade, agrandis par le désir, étaient comme hypnotisés par la moue sensuelle de Dex. Lorsqu'il pencha lentement la tête vers l'un des deux bourgeons gorgés de désir, la jouissance, anticipée, la fit frissonner.

Si jamais elle n'avait permis à aucun homme une caresse aussi intime, Dex exerçait sur elle un pouvoir tel qu'elle ne pouvait rien lui refuser. Il effleura du bout de la langue l'aréole dilatée de son sein avant d'en mordiller doucement le mamelon. Laissant échapper un gémissement, elle renversa la tête en arrière.

Quand la cuisse puissante de Dex s'insinua entre ses jambes tremblantes, elle n'émit aucune objection. Quand il ouvrit d'un geste adroit la fermeture Eclair de son pantalon avant de poser la main sur son ventre, elle ne s'indigna pas. En revanche, elle faillit protester lorsque sa bouche quitta son sein. Elle n'en eut pas le temps. Ses lèvres capturèrent les siennes pour un baiser torride.

Glissant les mains sous son pull, elle lui caressa le dos, goûtant la douceur satinée de sa peau. Mais lorsqu'elle sentit un long doigt souple se couler sous l'élastique de son slip, elle eut un mouvement de recul.

Ouvrant brusquement les yeux, elle vit au-dessus d'eux les branches du chêne qui se balançaient sous l'azur du ciel. Avait-elle perdu l'esprit? Dans quelle folie se laissait-elle entraîner?

— Non, Dex! Non!

Elle agrippa son poignet puissant.

— Je ne peux pas!

Bien qu'elle le désirât de toutes les fibres de son être, la peur de l'inconnu était la plus forte. Elle se débattit farouchement.

— Tu ne peux pas dire non, maintenant, Beth. C'est trop tard.

— Je t'en prie, arrête, implora-t-elle.

Elle l'entendit pousser un grognement, puis il roula sur le côté et resta allongé sur le dos, auprès d'elle.

— Je suis désolée.

De quoi s'excusait-elle exactement? Elle n'en savait trop rien.

— Pas autant que moi, lança-t-il d'un ton hargneux en bondissant sur ses pieds. Je ne supporte pas les allumeuses.

Elle le regarda, incrédule. L'amant attentionné avait fait place à un homme furieux, dont les yeux gris toisaient avec mépris son corps à moitié nu.

— Rhabille-toi avant que j'oublie que je suis un gentleman et que je prenne de force ce que tu meurs d'envie de me donner!

Son ton cassant et son regard glacial fendirent le cœur de Beth. Baissant les yeux, elle ne put que constater la force de son désir viril qu'il ne faisait rien pour dissimuler. Elle remit ses vêtements en toute hâte. Il avait raison. Elle avait envie de lui. Mais pas dans ces conditions.

Tout à coup, elle retrouva un peu de sa fierté et de son bon sens. Après tout, il était aussi coupable qu'elle. C'était lui qui avait commencé. Bouillant de frustration et de colère, elle se leva et le regarda droit dans les yeux.

— Si tu étais un vrai gentleman, tu n'aurais pas essayé de me faire l'amour dans un endroit où nous pouvons être surpris à tout moment, déclara-t-elle froidement.

— Si... si... ? bégaya-t-il, fou de rage. Tu es vraiment comme ma...

Son expression s'altéra imperceptiblement.

— Peu importe.

Puis, pivotant sur lui-même, il saisit le panier d'un geste vif et se dirigea vers la voiture.

S'il pensait qu'il allait s'en tirer aussi facilement !

— Tu ne peux pas t'en aller comme ça, Dex !

Elle le rattrapa en courant et le tira par le bras.

— Je suis comme qui ?

Il se tourna vers elle, dégagea son bras et la fixa sans un mot, pendant de longues secondes.

— Beth, tu es une femme exceptionnelle, et moi je ne suis qu'un pauvre type. Je ne sais pas ce qui m'a pris de te sauter dessus en plein air comme un jeune puceau inexpérimenté. Tu préférerais sûrement un homme plus mûr que moi et plus maître de lui, conclut-il avec un sourire désabusé.

Sa colère était manifestement retombée et il lui souriait. Toutefois ce sourire n'atteignait pas ses yeux. Et que signifiait cette allusion à un homme plus mûr que lui ? Elle se souvint du casino. Serait-il vraiment jaloux de Paul ? Ou peut-être essayait-il simplement de changer de sujet. S'il s'imaginait qu'elle allait tomber dans le panneau, il se faisait des illusions !

— Pourquoi esquives-tu ma question ? A qui trouves-tu que je ressemble ?

— Tu es tenace, n'est-ce pas ?

S'approchant d'elle, il l'enlaça.

— Je parlais de ma sœur. Tu es exactement comme elle. Douce, charmante, et pas du tout le genre de femme à se donner à un homme sur un coup de tête, sans un gage d'amour. Une bague, par exemple. Je me trompe ?

L'intensité de son regard ne laissait aucun doute sur sa sincérité. Il la comprenait... Elle poussa un soupir de soulagement et un large sourire illumina son visage.

— Tu me connais si bien, dit-elle en secouant ses boucles auburn.

— Pas autant que je le souhaiterais. Mais je te promets de ne plus te bousculer.

Cinq jours plus tard, Beth s'admirait dans le miroir de sa chambre. Ce manteau en cachemire crème lui allait parfaitement. Dessiné par un grand styliste italien, il lui avait été offert par Dex.

Depuis le pique-nique, ils s'étaient vus tous les jours. Il l'avait emmenée dîner en ville dans des petits restaurants intimes ou à la campagne, dans des auberges pittoresques.

Elle avait tenté de lui expliquer qu'à cause de son travail elle ne pouvait pas se permettre de sortir tous les soirs ; il n'avait rien voulu entendre, veillant seulement à la ramener toujours chez elle au plus tard à 23 heures. D'un baiser chaste, il prenait congé sur le seuil de son appartement. Il se comportait en parfait gentleman et ne s'était plus jamais montré pressant. Ce qui ne l'empêchait pas de n'en faire qu'à sa tête dans tous les autres domaines...

Comme pour ce manteau, par exemple. Il avait insisté pour le lui offrir, la veille, quand ils s'étaient rencontrés pour le déjeuner. Il voulut d'abord lui acheter un vison. Devant son refus catégorique, il l'avait priée d'accepter ce manteau et finalement convaincue en déclarant :

— Si j'aime l'Angleterre, il faut reconnaître que le climat n'y est pas agréable. Même les Anglais s'en plaignent. Tu es ma femme et il est hors de question que je te laisse mourir de froid.

L'attitude autoritaire de Dex était certes exaspérante, pensa Beth, mais comment nier que s'entendre appeler « ma femme » l'avait transportée ? Elle avait cédé.

Plus tard dans la soirée, tandis qu'ils longeaient la Tamise bras dessus bras dessous pour se rendre sur le bateau où ils devaient dîner, elle apprécia le confort du cachemire. Quand ils furent installés à une table pour deux — la ville, dont les lumières se reflétaient dans l'eau sombre, défilait sous leurs yeux —, elle fut envahie par une chaleur d'une tout autre nature. Le décor romantique, le contact de la main de Dex sur la sienne et la lueur admirative qui brillait dans ses yeux allumèrent au plus profond d'elle une flamme dont elle sut qu'elle ne s'éteindrait jamais.

Ce fut au moment du café qu'il laissa tomber sa bombe.

— T'ai-je déjà dit ce soir à quel point tu es belle ? s'enquit-il, lui caressant négligemment la paume.

— Oui, une bonne dizaine de fois au moins, répondit-elle en promenant un regard émerveillé sur les traits burinés de son compagnon.

Il était si séduisant qu'elle se demandait parfois si elle ne rêvait pas. Ce soir encore, elle avait remarqué les regards envieux des autres femmes. C'était sans conteste l'homme le plus attirant de ce palace flottant. Elle vivait un véritable conte de fées !

— Je n'y peux rien, Beth. Tu me fais un tel effet ! que je me répète comme un perroquet.

— Toi ! Un perroquet ! Un aigle plutôt, plaisanta-t-elle, comblée par ses compliments.

— Perroquet ou aigle, je dois m'envoler demain.

— Tu pars ?

Beth ne put cacher sa consternation.

— Pourquoi ?

— J'ai promis à ma sœur d'assister à la fête qu'elle donne en Italie demain soir pour son anniversaire. Et de toute façon, il faut que je sois à New York lundi matin. Tu dois bien te douter que je ne peux pas rester ici indéfiniment.

Plus il parlait, plus le cœur de Beth se serrait. Adieu le conte de fées... Dex quittait Londres. Elle but une gorgée de café avant de répondre.

— Bien sûr. Qui aurait envie de passer sa vie dans un des plus grands hôtels londoniens ?

Elle essayait bravement de plaisanter, mais sa voix tremblait. Ce n'était qu'au prix d'un effort surhumain qu'elle parvenait à soutenir le regard de Dex. Celui-ci ne fut pas dupe.

— Cela ne signifie pas pour autant que notre relation doit se terminer. Tu pourrais venir me retrouver à New York. Je te promets un séjour inoubliable.

Le cœur de Beth fit un bond dans sa poitrine. Vu l'intensité du désir qui brillait dans les yeux de Dex, nul doute que New York lui laisserait un souvenir impérissable ! Si elle...

Son bon sens reprit le dessus. Pas question de suivre Dex à l'autre bout du monde. Elle ne pouvait pas quitter du jour au lendemain son travail, ses amis, son appartement. Et que lui offrait-il exactement ? Il ne l'avait pas invitée à l'anniversaire de sa sœur. De toute évidence, il n'avait pas l'intention de la présenter à sa famille. Une brève aventure, voilà tout ce qu'il envisageait avec elle.

— Je suis désolée, mais lundi matin, je travaille, parvint-elle à répondre d'une voix blanche.

— Bien sûr. Quelle stupidité de ma part.

Il fit signe au serveur et commanda un cognac.

Le bateau accosta quelques minutes plus tard. Les dîneurs pouvaient s'attarder ; Dex cependant semblait brusquement pressé de s'en aller. Il paya l'addition et ils regagnèrent la voiture en silence. Silence qui se prolongea pendant le trajet jusqu'à l'immeuble de Beth.

De temps en temps, elle jetait un coup d'œil furtif à son compagnon. Il semblait plongé dans ses pensées. Pourquoi se montrait-il si distant, tout à coup ? Avait-elle tout gâché en refusant de le rejoindre à New York ? De la souffrance qui lui étreignait le cœur, cette pensée la consolait : si elle consentait à avoir avec lui une aventure sans lendemain, elle risquait de souffrir plus cruellement encore.

Lorsqu'il eut arrêté la voiture, Dex se tourna vers elle.

— Est-ce qu'une bague te ferait changer d'avis ?

Avait-elle bien entendu ?

— Une bague ?

Le visage de Dex était plongé dans l'ombre. Impossible de lire l'expression de son visage...

— Pourquoi cet air surpris ? Après ce qui s'est passé le jour du pique-nique, j'ai compris que c'était la solution évidente. Je te veux dans mon lit — et aussi dans ma vie, dit-il gravement.

Etait-ce une demande en mariage ? Elle ne parvenait pas à y croire.

— Une bague de fiançailles ?

— Quoi d'autre ?

Glissant une main dans la poche intérieure de sa veste, il en sortit un petit écrin.

— J'espère qu'elle te plaira, ma chérie.

Pétrifiée, elle regarda le solitaire qui scintillait sur le velours marine.

— Tu es sérieux ?

Ses rêves les plus fous devenaient réalité ! Bouleversée, elle leva vers Dex un regard embué de larmes.

— Tu m'aimes et tu veux m'épouser ? balbutia-t-elle d'un ton incrédule.

— Bien sûr.

Il lui prit la main gauche, la porta à ses lèvres, et en suça lentement l'annulaire.

Au contact de ses lèvres brûlantes, une émotion violente vrilla la poitrine de Beth. Plongeant ses yeux d'argent dans les siens, Dex enfila la bague sur son doigt humide. Puis, refermant sa large main sur la sienne, il murmura :

— Considère-toi comme ma fiancée.

— Fiancée ?

— Allons bon, on dirait que tu es toi aussi victime du syndrome du perroquet !

En riant, il l'enlaça, puis l'embrassa avec une fougue qui la laissa tout étourdie.

— Maintenant que ce détail est réglé, puis-je visiter ta chambre ? s'enquit-il d'une voix rauque. Dis oui. Tu en as autant envie que moi.

— Tout cela est tellement soudain. Et de toute façon, je ne peux pas aller à New York avec toi, marmonna-t-elle, incapable d'aligner deux pensées cohérentes, tant elle était bouleversée par la bague, sa demande en mariage, ses baisers. Lundi matin, je dois être à mon travail.

— Tu as raison. J'ai promis de ne pas te bousculer. Je tiendrai ma promesse.

Elle leva une main vers son visage et traça délicatement le contour de sa bouche.

— Je ne voulais pas..., commença-t-elle, soudain prise de remords.

— Chut, Beth. Tu es fatiguée et je suis un monstre d'égoïsme.

Il descendit de voiture et lui ouvrit la portière. La prenant dans ses bras, il la porta jusqu'à l'entrée de son immeuble. Une fois arrivé à la porte de son appartement, il la reposa sur le sol et l'embrassa encore une fois avant de prendre sa clé dans son sac.

Une main dans son dos, il la poussa doucement à l'intérieur.

— La visite de ta chambre peut attendre. Sois sage pendant mon absence. Je serai de retour vendredi.

Puis il s'en alla.

Debout devant la porte fermée, Beth avait du mal à maîtriser les battements de son cœur. Elle était fiancée... Dex l'aimait et ils allaient se marier. Jamais elle n'aurait cru possible un tel bonheur! Elle se dirigea en titubant vers le fauteuil, et s'y laissa tomber. Faisant tourner la bague autour de son doigt, elle contempla le diamant qui brillait de mille feux. Le gage d'amour de Dex... Un petit soupir s'échappa de ses lèvres. Pourquoi l'avait-elle laissé partir?

Plus tard, lorsqu'elle se glissa sous la couette, elle passa une langue gourmande sur ses lèvres, savourant le souvenir des baisers de Dex. Il l'aimait! Vendredi, elle aussi lui donnerait un gage d'amour...

44

4.

Beth se blottit sous sa couette en bâillant. Dex avait raison, elle était fatiguée ; pourtant qu'il l'eût quittée si tôt la désolait. Pour un homme qui venait de se fiancer, il avait fait preuve d'une sagesse déconcertante...

Vivement vendredi ! fut sa dernière pensée avant de s'endormir.

Le lendemain matin, la sonnerie du téléphone la tira du sommeil.

— Navré de te réveiller, Beth.

Au son de la voix chaude de Dex, elle sentit son cœur s'accélérer.

— Aucune importance, murmura-t-elle.

— Je suis à l'aéroport et je ne pouvais pas me résigner à partir sans t'entendre. Comment va ma fiancée, ce matin ?

« Ma fiancée » ! Envahie par une joie infinie, elle ne put s'empêcher de lui dévoiler ses pensées les plus secrètes.

— Elle regrette que tu ne sois pas resté avec elle hier soir.

— C'est maintenant que tu me l'avoues ! Et mon avion qui décolle dans quelques minutes... Ne change pas d'avis d'ici vendredi. *Ciao.*

*

Le lundi matin, lorsque Beth arriva au bureau, elle était toujours sur un petit nuage. Tout lui semblait différent. Elle était fiancée! En pleine euphorie, elle exhiba fièrement sa bague aux yeux de tous.

En quelques minutes, toute la société était au courant. Ses collègues féminines s'extasièrent devant le magnifique diamant et la bombardèrent de questions.

Vers midi, Mary et elle allèrent déjeuner chez leur traiteur préféré.

— Dis-moi, Beth. Qui est-ce? Que fait-il? Je veux tout savoir.

Grande et mince, les yeux bleus et les cheveux blonds très courts, Mary avait deux ans de plus que Beth.

— Continueras-tu à travailler après ton mariage? A quand est fixée la date?

Cette dernière question laissa Beth songeuse. Elle n'avait aucune nouvelle de Dex depuis son bref coup de téléphone, samedi matin. Ils n'avaient fait aucun projet d'avenir... A vrai dire, la demande en mariage de Dex n'avait rien eu de romantique. Elle ne parvenait même pas à se souvenir de ses paroles exactes...

Sans vraiment savoir pourquoi, elle répondit à toutes les questions de Mary avec la plus grande circonspection. Elle se contenta de lui dire qu'il s'appelait Dex, qu'elle l'avait rencontré par l'intermédiaire d'amis communs, et qu'elle avait eu le coup de foudre.

— Je ne doute pas que tu l'aimes, Beth. De là à se marier! Tu ne crois pas que c'est un peu rapide? Les passions fulgurantes sont parfois éphémères.

Assaillie par une foule d'émotions contradictoires, Beth était complètement abattue lorsqu'elle arriva chez elle le soir. Après tout, elle connaissait à peine Dex. Comme le lui avait fait remarquer Mary, se fiancer après quelques rencontres était pour le moins précipité.

Une demi-heure plus tard, il l'appela de New York et toutes ses idées noires s'évanouirent comme par enchantement. Il avait décidé de revenir plus tôt que prévu. Son avion se poserait à Londres mercredi à midi.

— C'est une merveilleuse nouvelle ! s'exclama joyeusement Beth. Tu me manques.

— Toi aussi tu me manques. Je t'appellerai chez toi vers 16 heures, promit-il. Sois prête et attends-moi. Nous dînerons tôt, ce qui nous laissera une longue, très longue nuit devant nous, d'accord ?

L'avantage du téléphone c'était que votre interlocuteur ne vous voyait pas rougir, se dit-elle. Toutefois, il n'eut pas de mal à deviner son trouble en l'entendant bafouiller une réponse incompréhensible. Son petit rire sexy ne lui laissa aucun doute à ce sujet...

Beth inspecta son salon pour la énième fois : il était impeccable. Elle avait décidé de prendre sa journée pour préparer l'arrivée de Dex et n'avait pas chômé. L'appartement était immaculé et la bouteille de champagne au réfrigérateur. Elle avait passé des heures dans la salle de bains à se pomponner. Il n'y avait plus qu'à attendre.

Jetant un coup d'œil à sa montre, elle soupira. Il était déjà 17 h 30 et si elle passait une demi-heure de plus chez elle à tourner en rond, elle allait devenir folle ! Impulsivement, elle saisit son sac à main, enfila la veste de son nouvel ensemble et sortit.

Hélant un taxi, elle donna l'adresse du Seymour Club. C'était plus fort qu'elle. Dex lui avait certes dit de l'attendre. S'il avait été retenu au casino, pourquoi ne pas lui faire la surprise de le rejoindre là-bas ?

Elle avait traversé le hall et se dirigeait vers les salles de jeu lorsque M. Black fit son apparition.

— Vous êtes membre, madame ?

Visiblement, il ne la reconnaissait pas. Ce n'était pas de bon augure, pensa-t-elle, soudain prise de panique. Elle se reprit rapidement. N'était-elle pas la fiancée du propriétaire ?

— M. Giordanni m'attend, déclara-t-elle avec assurance. Je suis sa fiancée.

Brandissant sa bague, elle ajouta :

— Souvenez-vous, nous nous sommes déjà rencontrés, il y a une semaine.

A son grand soulagement, un sourire éclaira le visage renfrogné de son interlocuteur.

— Mais bien sûr. Excusez-moi, mademoiselle Bethany Lawrence. M. Giordanni est dans mon bureau. Vous connaissez le chemin.

— Merci, répondit-elle avec un grand sourire.

Elle allait retrouver Dex !

Dans le premier bureau, une femme d'âge moyen, visiblement sur les nerfs, était en train de parler au téléphone.

— Je suis désolée, monsieur. Je ne suis qu'une intérimaire et je ne fais pas d'heures supplémentaires. Ma journée se termine à 18 heures et je suis sur le point de partir.

Après une pause, elle hurla dans le combiné, le visage écarlate :

— Ne vous inquiétez pas, je n'en ai pas l'intention !

Après avoir raccroché violemment, elle aperçut Beth.

— Si vous êtes venue voir M. Giordanni, il est làdedans, dit-elle d'un ton hargneux en indiquant la porte du bureau directorial. Avec un autre macho de son espèce. Si vous souhaitez l'attendre, ne vous gênez pas. Moi je m'en vais et je ne remettrai plus les pieds ici. Cet homme est un véritable tyran !

Ramassant son sac, elle pressa une touche sur le standard et partit en claquant la porte derrière elle.

Encore un mauvais présage, songea Beth. Et maintenant ? Que faire ? Elle jeta un coup d'œil à la porte du saint des saints et sentit son courage la déserter. Apparemment, Dex n'était pas seul. Devait-elle entrer, au risque d'interrompre une conversation importante, ou était-il préférable de patienter ?

Elle contourna le bureau et s'assit dans le fauteuil

pivotant de la secrétaire. Et si elle téléphonait à Dex pour l'avertir de sa présence? Elle observa le standard. Comment fonctionnait-il? D'une main hésitante, elle saisit le combiné et pressa un bouton. A son grand dam, elle entendit une voix... qui provenait non pas du téléphone, mais de l'Interphone.

— Puisque tu as terrorisé la secrétaire au point de la pousser à partir, nous ne pouvons plus rien faire pour l'instant. Ces lettres devront attendre demain matin. Que dirais-tu de passer la soirée en ville?

Beth reposa le combiné. La voix ne se tut pas pour autant.

— Tu te souviens des deux mannequins avec qui nous sommes sortis la dernière fois? J'ai le numéro de téléphone de Deirdre. Tu veux que je l'appelle?

Atterrée, Beth fixait la machine. Sur quel bouton fallait-il appuyer pour éteindre cet engin? Elle n'aimait pas le tour que prenait la conversation et n'avait aucune envie d'en entendre plus.

— Désolé, Bob, mais malheureusement, j'ai déjà un engagement pour ce soir.

Beth reconnut la voix de Dex. « Malheureusement »? Un horrible pressentiment la saisit. Ce qui suivit fut pire encore.

— Une autre fois, peut-être. Nous pouvons quand même prendre un verre avant que je m'en aille. La fille avec qui j'ai rendez-vous m'attendrait toute la nuit sans broncher.

Beth retira sa main du standard. Elle n'avait plus du tout envie de l'éteindre. La suffisance avec laquelle Dex affirmait qu'elle l'attendrait — alors qu'il avait déjà deux heures de retard — lui glaça le sang. Comment osait-il parler d'elle de cette manière?

— Une conquête facile? interrogea la voix inconnue.

— Bizarrement, non. Beth résiste à mon charme avec une ténacité étonnante. Elle est très habile, commenta

Dex avec un petit rire désabusé. C'est une des raisons pour lesquelles je me suis fiancé avec elle, la semaine dernière.

Beth se raidit. Qu'entendait-il par « très habile » ? Et que signifiait son rire ? Malgré tout, il prenait sa défense. Et il allait maintenant préciser à son ami que s'il s'était fiancé avec elle, c'était surtout parce qu'il l'aimait. Elle ne tarda pas à constater combien elle se trompait...

— Je n'y crois pas ! Le misogyne le plus convaincu de la planète, fiancé ! Ne me dis pas que tu lui as offert une bague ?

— Si.

Pourquoi Dex paraissait-il sur la défensive ? L'éclat de rire avec lequel l'interlocuteur de Dex accueillit sa réponse accentua l'inquiétude de Beth.

— Je croyais qu'après la vie que t'a fait mener ton ex-femme et tout l'argent qu'elle t'a soutiré, tu avais juré de ne jamais te remarier.

Ex-femme... Dex ne lui avait jamais dit qu'il avait déjà été marié ! Elle sentit le sang se retirer de son visage — et se leva. Il fallait absolument qu'elle se manifeste d'une manière ou d'une autre. Ecouter une conversation privée était méprisable et ce n'était pas dans ses habitudes. Mais en entendant Dex poursuivre, elle se figea.

— Qui a parlé de mariage ? J'espère bien ne jamais en arriver là. Cette fille sortait avec Paul Morris et j'ai pensé que c'était un bon moyen de mettre fin à leur histoire, c'est tout.

— Ah, je comprends mieux. Ta sœur Anna est toujours toquée de ce Morris, c'est ça ?

— Oui. Personnellement, je n'arrive pas à comprendre ce qu'elle lui trouve, mais tu me connais : je suis prêt à tout pour le bonheur de ma sœur. Après avoir passé un an avec Anna, Morris a décidé qu'il était trop vieux pour elle et qu'elle méritait quelqu'un de plus jeune, qui pourrait lui offrir la famille dont elle rêve. Après une dispute terrible, il a quitté l'Italie pour rentrer à Londres.

Lorsque je suis venu ici le mois dernier, Anna m'a accompagné. Elle était résolue à se réconcilier avec Morris. A mon insu, elle l'a appelé chez lui et sa gouvernante lui a donné le nom du restaurant dans lequel il dînait ce soir-là. Bien sûr, elle s'est arrangée pour que je l'invite dans le restaurant en question. Dès notre arrivée, Anna a repéré Morris. Il était en compagnie d'une femme. Une femme bien plus jeune qu'elle. Connaissant le tempérament de ma sœur, tu devines la suite... J'ai cru qu'elle allait le massacrer. Mais plus tard, quand je lui ai proposé d'aller dire une bonne fois pour toutes ses quatre vérités à Morris, elle m'a fait jurer de ne pas m'en mêler.

Beth était au bord de la nausée. Il fallait absolument qu'elle sorte ! Malheureusement, elle était incapable de bouger. Cette conversation exerçait sur elle une fascination masochiste.

— Comment as-tu rencontré la fille en question si elle sortait avec Morris ? demanda Bob.

— Pure coïncidence. Tu connais Brice — nous avons traité de nombreuses affaires avec lui. Nous sommes en pourparlers pour signer un nouveau contrat. Une semaine environ après cette fameuse soirée au restaurant, j'avais rendez-vous avec lui à son bureau. Ce jour-là, une petite fête était organisée pour son anniversaire. Un jeune couple a fait un numéro de danse — plutôt ringard — et à la suite d'un faux mouvement, la fille s'est retrouvée par terre.

Beth entendit des rires et un tintement de verres. Ils buvaient en se moquant d'elle. Avait-elle vraiment besoin d'en entendre davantage ? Comme elle avait été naïve !

— Affligé par la nullité du spectacle, je m'apprêtais à me resservir un verre quand j'ai croisé le regard de la fille. C'était la compagne de Morris ! Ce n'est pas du tout mon genre de femme, mais malgré tout, elle a quelque chose. En tout cas, c'était pour moi l'occasion rêvée d'aider Anna sans trahir ma promesse. Il suffisait que je séduise cette gamine pour donner une chance à Anna de récupérer Morris. Ça n'a pas été très difficile. Dès qu'elle a compris à quel point j'étais riche, elle a été conquise, comme toutes les autres.

— Comment peux-tu supporter ce genre de relation après tout ce que t'a fait endurer ton ex-femme ? Et surtout, pourquoi te fiancer avec cette fille si tu n'as pas l'intention de l'épouser ?

— En fait, je ne peux pas dire que j'ai complètement écarté cette éventualité. Après tout, les années passent et il serait temps que je songe à assurer ma descendance. Il me semble que Beth est assez jeune et amoureuse pour faire une épouse parfaite.

Beth se leva. Cette fois, elle en avait assez entendu. Plus qu'assez... Chancelante, elle s'appuya par mégarde au standard pour reprendre son équilibre et, par une cruelle ironie du sort, obtint ce qu'elle avait espéré en vain : les voix se turent.

Refoulant ses larmes, elle ferma les yeux. Ainsi, elle était « assez jeune et amoureuse pour faire une épouse parfaite » ! Elle savait maintenant à quoi s'en tenir sur les sentiments de Dex. Il avait entrepris de la séduire uniquement pour l'éloigner de Paul Morris. Mais pourquoi tous ces mensonges ? Etait-il vraiment obligé de pousser la comédie aussi loin ?

Elle regarda sa main, toujours posée sur le standard. Le diamant sembla lui faire un clin d'œil ironique. Dire qu'elle l'avait considéré comme un gage de son amour ! Elle l'arracha de son doigt et le mit dans son sac. Sa seule vue la rendait malade...

Ce n'était pas le moment de s'abandonner à la douleur. Elle en aurait tout le temps par la suite. Pour l'instant, le plus urgent était de partir d'ici sans rencontrer Dex.

Silencieusement, elle traversa la pièce, ouvrit la porte et se précipita dans le couloir. Elle dévala l'escalier sans se préoccuper des regards curieux des clients du casino et atteignit la sortie sans encombre. Une fois dehors, elle continua de courir un moment, avant de s'effondrer contre la grille d'une élégante demeure. Les bras croisés sur le ventre, elle se plia en deux, terrassée par la souffrance.

— Ça ne va pas, mademoiselle ?

Levant la tête, elle vit un policier qui la regardait d'un air inquiet.

— Si, si. Je vais très bien.

Faisant un effort pour se redresser, elle jeta un coup d'œil autour d'elle et aperçut un arrêt de bus.

— Vous êtes sûre ?

— Je suis juste un peu essoufflée. J'ai raté... mon bus.

Rassuré, le policier s'éloigna.

Cinq minutes plus tard, elle était effectivement assise dans un bus qui roulait au ralenti dans la cohue de l'heure de pointe. Elle n'avait aucune idée de sa destination et s'en moquait éperdument. Le chauffeur avait accepté la carte de transport qu'elle utilisait pour se rendre à son travail et elle avait gagné sa place comme un automate.

Epuisée, elle appuya la tête contre la vitre. Son soi-disant fiancé, l'homme de ses rêves, ne l'aimait pas. A présent qu'elle savait pour quelle raison il avait entrepris de la séduire, de nombreux détails qui l'avaient intriguée prenaient tout leur sens.

Si, lors de leur premier rendez-vous, il lui avait énuméré par le menu tous les biens qu'il possédait, c'était parce qu'il la considérait — ainsi que toutes les autres femmes, apparemment — comme une aventurière. Leur premier baiser torride au casino était uniquement la conséquence de leur rencontre avec Paul Morris. Dex avait tenu à marquer son territoire, rien de plus. Quant à ses sous-entendus au sujet des jeunes femmes qui fréquentaient des hommes mûrs, ils étaient désormais parfaitement limpides. Ils lui étaient destinés personnellement. Et le jour du pique-nique, lorsqu'il avait commencé à lui dire qu'elle ressemblait à quelqu'un et s'était inter-rompu, ce n'était pas à sa sœur qu'il pensait, mais à son ex-femme. Qui de toute évidence s'était moquée de lui et n'en voulait qu'à son argent.

En revanche, il était visiblement prêt à tout pour le bonheur de sa sœur. Même à se fiancer avec une fille dont il se moquait comme d'une guigne !

Se fiancer... Quelle sinistre plaisanterie ! Un diamant ne coûtait rien pour un homme comme Dex. Mary avait eu raison de la mettre en garde. Il était vraiment ignoble. Et dire que dans sa naïveté, elle avait passé la journée à se préparer pour lui, impatiente de lui tomber dans les bras !

Le plus tragique de toute cette histoire, pensa Beth avec amertume, c'était qu'elle reposait sur un malen-tendu. Si Dex s'était montré honnête une seule fois, s'il l'avait questionnée sur ses relations avec Paul, elle ne serait pas assise dans ce bus avec une plaie béante à la place du cœur. Regardant sans les voir les lumières de la ville, elle revécut en pensée l'épisode du restaurant...

Beth promena autour d'elle un regard émerveillé, puis adressa un sourire éclatant à son compagnon.

— Paul, cet endroit est fabuleux ! Je ne sais comment te remercier.

Paul Morris était le seul adulte constamment présent dans sa vie depuis sa naissance, vingt et un ans plus tôt. C'était son parrain. Ami très proche de son père, il avait assuré la gestion du petit héritage que lui avait laissé ce dernier et l'avait soutenue tout au long de ses études.

L'été précédent, après avoir obtenu son diplôme, elle s'était rapidement rendu compte que, dans le Devon, les opportunités de carrière pour une graphiste en herbe étaient très limitées. Paul avait alors usé de son influence pour lui dénicher un poste dans l'agence publicitaire dont il utilisait les services pour sa société. Il l'avait également aidée à trouver un petit appartement à Docklands, qu'elle louait. Installée à Londres depuis un peu plus de deux mois, elle était enchantée par sa nouvelle vie. Et ce n'était pas un dîner dans un des restaurants les plus huppés de la capitale qui allait la faire changer d'avis !

Paul leva son verre.

— A toi et à tes débuts prometteurs. Certes, c'est sur ma recommandation que tu es entrée chez Canary Characters, mais selon Cecil, le directeur artistique, tu as énormément de talent. Ce dont je n'ai jamais douté.

Il était le père qu'elle n'avait pas connu et sans doute la personne la plus généreuse qu'elle avait jamais rencontrée.

La gorge nouée par l'émotion, elle répondit, levant son verre à son tour :

— A toi, Paul. Le soutien sans faille que tu m'as apporté au fil des ans a fait de moi ce que je suis aujourd'hui.

Ils burent tous les deux une gorgée de champagne en échangeant un regard plein de tendresse. C'est à ce moment précis qu'éclata la scène.

Du coin de l'œil, Beth vit une jeune femme brune magnifique s'avancer vers eux. A sa grande stupéfaction, la femme en question prit l'assiette de Paul et lui en renversa le contenu sur la tête.

— Fumier ! Quand je pense que tu as osé prétendre que j'étais trop jeune !

Puis, dardant sur elle un regard meurtrier, la femme se mit à vociférer dans une langue étrangère ; Beth crut reconnaître de l'italien. Elle ne comprit pas un traître mot de ce que disait l'inconnue — ce qui, étant donné le ton de celle-ci, était sans doute préférable...

Pétrifiée, Beth reporta son regard sur Paul. Une noisette d'agneau était perchée sur son crâne, de la sauce à la menthe dégoulinait sur son front. Le reste de son assiette

— pommes de terre nouvelles et légumes variés — s'était répandu sur sa chemise et sur la table. Elle baissa les yeux afin que son parrain ne croisât pas son expression amusée — il était délicieusement grotesque ainsi.

Il s'était levé et parlait maintenant à voix basse à la femme, qui de toute évidence n'appréciait pas ce qu'il lui disait.

Tout à coup, un homme prit fermement l'inconnue par la taille. Il était immense et bâti comme une armoire à glace. Beth ne voyait pas son visage ; sa carrure athlétique et ses immenses jambes suffirent à l'impressionner. Paul n'avait aucune chance face à ce colosse.

Heureusement, ses craintes n'étaient pas fondées. En un éclair, l'homme entraîna sa compagne vers la sortie.

Avec le flegme d'un véritable gentleman, Paul lui demanda si elle n'avait rien et s'excusa pour l'incident. Puis, toujours très digne, il demanda au maître d'hôtel de nettoyer la table et de leur resservir les mêmes plats.

Beth l'agrippa par la manche.

— Tu n'as tout de même pas l'intention de rester ici ? murmura-t-elle d'une voix pressante.

Les autres dîneurs les observaient à la dérobée, un sourire ironique aux lèvres, et Beth était écarlate.

— Beth, ma chérie. Tu sais bien que le propre d'un vrai gentleman est de garder son sang-froid en toute circonstance. Par ailleurs, j'ai faim et je n'ai pas l'intention de me priver de dîner à cause d'une harpie.

— Qui est-ce ? Et pourquoi... ?

— Fais comme moi, Beth, oublie-la.

— Tu es incroyable. Et tu as de la sauce sur le front et la joue, fit-elle observer en souriant.

— Tu permets que je m'éclipse un moment ?

Lorsqu'il revint, le visage propre et la chemise nettoyée, Beth lui dit sur un ton admiratif :

— Tu es vraiment étonnant. A ta place, la plupart des hommes se seraient enfuis, morts de honte.

— J'ai reçu à Eton une très bonne éducation, ma chérie. Mange pendant que c'est chaud.

Lorsqu'il gara sa voiture devant l'immeuble de Beth, tous deux riaient encore de cet incident. Mais plus tard, pelotonnée dans son lit, Beth se demanda quelle était la nature exacte de la relation entre Paul et cette femme. En tout cas, celle-ci ne s'était sûrement pas mise dans un tel état sans raison...

Si Paul était comme un père pour elle, son pouvoir de séduction ne lui échappait pas. Grand, élégant, d'une beauté classique, il possédait un charme extraordinaire auquel peu de femmes résistaient. Par ailleurs, ayant hérité d'une propriété dans le Devon et d'un vignoble dans le sud de l'Italie, c'était un très bon parti. Il partageait son temps entre ses deux résidences, tout en faisant de fréquents séjours à Londres, où il possédait un magnifique appartement. Peut-être s'était-il amusé avec cette femme ? Pourtant elle n'était pas venue seule au restaurant, pensa-t-elle juste avant de sombrer dans le sommeil.

A 18 heures le lendemain, en sortant de l'immeuble qui abritait les bureaux de Canary Characters, elle croisa Paul. Ils échangèrent un regard entendu en souriant.

— Je ne ferai aucune allusion à hier soir, si tu n'abordes pas le sujet toi-même, assura Beth.

— C'est ce que j'aime chez toi, Bethany Lawrence. Tu as le caractère de ton père. Tu es la discrétion même. Que dirais-tu de dîner avec moi ce soir ? Cette fois, je te promets une soirée sans... hystérie.

Elle accepta aussitôt et après un repas tranquille dans un petit restaurant, il la raccompagna devant son immeuble. Elle lui proposa de monter prendre un café.

— A moins que tu n'aies mieux à faire ? plaisanta-t-elle.

Il n'était que 22 heures et elle connaissait son goût pour les casinos.

— Tu me connais trop bien. Les tables de jeu

m'attendent ! Et comme j'ai l'intention de passer les prochains mois au fin fond de la campagne italienne, je suis incapable de résister à leur appel. Prends soin de toi et ne fais pas de folies. Tu sais où me joindre en cas de besoin.

— Oui. Et merci encore, Paul. Toi aussi, sois sage. Si tu en es capable, vieux dépravé, plaisanta-t-elle avant de l'embrasser.

Quand le reverrait-elle ? Il s'écoulait parfois plusieurs mois entre leurs rencontres et, même si elle savait qu'elle pouvait le joindre à tout moment, sa présence lui manquait. Il avait sa vie et elle avait la sienne, se raisonnait-elle. Elle aimait son travail et s'était liée d'amitié avec Mary, jeune recrue comme elle. Elles sortaient souvent ensemble au restaurant, au cinéma ou simplement pour discuter devant un verre. Que pouvait demander de plus une fille de son âge ? La vie était belle...

Aujourd'hui, elle n'en était plus si sûre. Belle, la vie ? Elle aimait de tout son être un homme qui ne l'avait courtisée que pour l'éloigner de Paul. Qu'il s'imaginât qu'elle était le genre de fille à fréquenter un homme plus âgé qu'elle uniquement pour sa fortune en disait long. Il n'avait aucun respect pour elle. De toute façon, à part sa sœur, il ne respectait sans doute aucune femme.

Elle refusa de se laisser aller et essuya rageusement ses larmes...

La voix du conducteur interrompit le cours de ses pensées.

— Mademoiselle, nous sommes arrivés au terminus !

Elle se rendit compte que le bus était vide.

— Excusez-moi. Où sommes-nous ? s'enquit-elle en se levant.

— Au coin de Leicester Square.

— Merci, murmura-t-elle avant de descendre.

Au milieu de la foule, elle se sentit terriblement seule.

Où aller à part chez elle? Si Dex ne l'y attendait pas, il lui téléphonerait à coup sûr. Ce n'était pas le genre d'homme à qui une femme pouvait se permettre de poser un lapin. Il fallait qu'elle trouve une excuse pour son absence et un moyen de se débarrasser de lui sans lui révéler ce qu'elle avait appris. Son amour-propre était tout ce qui lui restait — et elle y tenait.

5.

L'air glacé de la nuit fit frissonner Beth à la sortie du métro. En marchant vers son immeuble, elle récapitula le plan qu'elle avait élaboré. Son désespoir avait provisoirement fait place à une rage froide.

Il n'était pas question d'informer Dex que Paul était son parrain. Ce goujat finirait sans doute par l'apprendre, mais pas par elle. Lui et sa sœur pouvaient bien aller rôtir en enfer !

Elle s'immobilisa brusquement au son d'une voix furieuse.

— Où diable étais-tu ?

La saisissant par l'épaule, Dex la secoua violemment.

— Cela fait quatre heures que je t'attends dans la voiture, et je me fais un sang d'encre. Black m'a dit que tu étais passée au casino.

A la lumière orangée du réverbère, elle crut effectivement distinguer dans ses yeux une lueur d'inquiétude. Mais elle n'était pas dupe !

— C'est vrai. Que fais-tu ici ? Tu n'as pas eu mon message ? parvint-elle à dire, feignant la surprise.

— Ton message ? De quoi parles-tu ? fulmina-t-il. Et sommes-nous obligés d'avoir cette conversation dans la rue ?

C'était exactement ce que Beth était en train de penser. Si elle ne s'asseyait pas, elle allait tomber par terre, ou pire, dans les bras de Dex... Le contact de ses doigts sur ses épaules lui mettait les nerfs à fleur de peau. Elle avait beau savoir à quel point il était fourbe, il n'en restait pas moins extrêmement attirant...

— Pour l'amour de Dieu, donne-moi ta clé et rentrons. Ce n'est pas du tout ainsi que j'avais envisagé nos retrouvailles. Je t'avais pourtant priée de m'attendre.

Cette remarque rappela à Beth ce qu'il avait affirmé avec arrogance à son interlocuteur : « La fille avec qui j'ai rendez-vous m'attendrait toute la nuit sans broncher. » Se raffermissant, elle dit d'un ton sec :

— Lâche-moi, d'abord !

Quand il eut retiré les mains de ses épaules, elle prit sa clé dans son sac et la lui tendit sans un mot.

Il la dévisagea, l'air perplexe.

— Tu sembles...

Il haussa les épaules.

— ...peu importe. Nous verrons cela.

Ils gagnèrent l'appartement de Beth en silence.

Une fois la porte refermée sur eux, elle dut faire appel à tout son self-control pour ne pas exploser. Ce serait tellement agréable de lui crier ses quatre vérités... Prenant une profonde inspiration, elle demanda avec un sourire poli :

— Un café, un thé, un alcool ?

Appuyé contre la porte, Dex arborait une mine sinistre.

— Je n'ai pas soif.

Se redressant, il s'approcha d'elle.

— J'attends des réponses, *cara* — ma douce fiancée, ajouta-t-il avec un regard qui n'avait rien de doux.

— Eh bien, moi, je vais prendre un verre, annonça-t-elle d'un ton posé en se dirigeant vers la cuisine. Assieds-toi, je n'en ai pas pour longtemps.

— Pas question !

Il l'agrippa par le bras et la fit pivoter face à lui.

Confrontée au regard menaçant de ses yeux gris, elle trembla.

— Lâche-moi, je te prie, dit-elle en tentant d'ignorer les battements affolés de son cœur.

— Je n'ai pas l'intention de te faire de mal, Beth, assura-t-il d'une voix suave comme il desserrait son étreinte.

Puis il l'attira vers lui.

Lorsqu'il inclina la tête, elle le regarda stupidement. Elle savait qu'il allait l'embrasser. Elle était incapable de bouger. Puis elle sentit sa bouche exigeante se refermer sur la sienne dans un baiser autoritaire. Un cri de protestation naquit dans sa gorge pour y mourir aussitôt, sous la pression implacable des lèvres de son compagnon. Elle eut beau tenter de rester insensible à son baiser, son corps se plaqua instinctivement contre celui de Dex.

Renonçant à résister, elle lui rendit son baiser avec ardeur.

Lorsqu'il s'écarta d'elle, elle chancela ; il la retint et lui prit le menton.

— J'aurais dû commencer par t'embrasser au lieu de te rabrouer, dit-il avec un sourire teinté d'arrogance. Je suis sûr que tu as une explication toute simple à me fournir. Pardonne-moi.

Dans ses yeux, plus aucune trace de menace, mais une lueur de satisfaction, constata Beth avec amertume. Lui pardonner ! Alors qu'elle mourait d'envie de l'accabler d'injures ! Baissant les yeux pour l'empêcher d'y lire sa colère et son humiliation, elle entama le discours qu'elle avait soigneusement préparé.

— Non, Dex. C'est à moi de te demander pardon.

Elle se dégagea de ses bras, alla s'asseoir dans son fauteuil. Mieux valait être prudente. Ses jambes risquaient de la lâcher d'une minute à l'autre... Tête baissée, elle poursuivit :

— J'ai laissé un message à ta secrétaire, pour t'avertir que je devais aller voir une amie à l'hôpital.

Beth avait bien réfléchi. A en juger par l'humeur de l'intérimaire, il était peu probable qu'elle retournât jamais au Seymour. Certes, elle-même avait quitté le casino bien après la secrétaire, mais personne ne l'avait vue s'en aller...

Il y eut une longue pause. Sentant sur elle le regard inquisiteur de Dex, elle rassembla tout son courage et releva la tête.

— Je n'ai pas eu le message. Il est vrai que je n'ai pas vu partir la secrétaire, déclara-t-il d'un air perplexe.

— Tu vois. Il s'agit d'un simple malentendu. N'y pensons plus.

Désireuse de changer de sujet au plus vite, elle reprit :

— Dis-moi plutôt comment s'est passé l'anniversaire de ta sœur. Tu ne m'en as pas parlé du tout.

Réussirait-elle enfin à le déstabiliser ?

— C'était parfait. Nous ne nous voyons pas souvent, ma sœur et moi, et nous étions ravis de nous retrouver. C'est dommage que tu n'aies pas pu m'accompagner.

Quel hypocrite ! Il ne le lui avait jamais proposé. Certainement de crainte qu'elle marche sur les plates-bandes de sa sœur si Paul était présent...

Il continuait de la fixer avec une lueur étrange dans le regard.

— N'essaie pas de faire diversion, Beth. Tu n'es jamais allée à l'hôpital. Je veux la vérité. N'invente pas un nouveau mensonge. Je ne suis pas réputé pour ma patience, et tu es en train de la mettre à rude épreuve.

Elle eut le plus grand mal à ne pas lui crier ce qu'il pouvait faire de sa patience. Son amour-propre la retint.

— Je t'assure que je suis allée voir une amie à

l'hôpital. Mary. C'est une collègue. Elle vient d'être opérée de l'appendicite, précisa-t-elle — Mary lui pardonnerait sans nul doute ce mensonge.

— Vraiment ? rétorqua-t-il sur un ton sarcastique.

Manifestement, il n'en croyait pas un mot.

— Tu t'es mise sur ton trente et un. Ce tailleur Chanel te va très bien. Ton amie a dû être flattée.

— Oui, répondit-elle en se maudissant intérieurement.

La veille elle avait consacré sa pause déjeuner à faire du shopping dans une des boutiques les plus chic de Londres. Dire qu'elle avait investi toutes ses économies, plus sa paie du mois suivant, dans ce tailleur rouge ! Sans compter le caraco de soie assorti, et les dessous affriolants qu'elle avait payés une fortune... Tout ça pour faire honneur à ce mufle !

— Une tenue un peu trop habillée, pour rendre visite à une amie malade, non ? D'autant plus qu'à ma connaissance, aucun hôpital n'autorise les visites jusqu'à une heure aussi avancée. Tu me prends pour qui ?

Sur son cou, le battement frénétique d'une veine laissait deviner la tension qui l'habitait.

— Je ne vois pas où tu veux en venir, marmonnat-elle.

Son courage l'avait abandonnée.

— *Basta !* hurla-t-il. Assez de mensonges !

La saisissant par les épaules, il la hissa sur ses pieds.

— J'exige la vérité, ordonna-t-il d'une voix tranchante en écartant sans ménagement les deux pans de sa veste, dévoilant le caraco de soie qui moulait sa poitrine nue.

Seigneur, pourquoi avait-elle décidé de ne pas porter de soutien-gorge ? se fustigea-t-elle, tandis que le feu envahissait son visage — d'autant plus qu'elle sentit les pointes de ses seins se dresser sans pudeur, sous le regard brûlant de Dex.

— Ravissant. Mais tu n'es pas le genre de femme à faire des effets de toilette pour une autre femme.

Refermant ses doigts sur son poignet délicat, il souleva sa main.

— Il me semble t'avoir offert une bague de fiançailles, *cara mia*. Tu l'as perdue ? Ou peut-être as-tu trouvé un homme plus riche que moi ? Plus excitant ?

Se souvenant de leurs étreintes passionnées, elle déglutit péniblement et leva vers lui un regard plein d'amertume. Il était le seul homme qui l'ait jamais excitée. Ne s'en doutait-il pas ? Comment pouvait-il la prendre pour une aventurière — elle qui n'avait encore jamais connu d'homme ? Pendant un moment, elle resta sans voix, trop irritée pour se défendre. Lorsqu'elle ouvrit enfin la bouche pour répondre, c'était trop tard.

— Ton silence est révélateur. Vas-tu me dire de toi-même de qui il s'agit, ou vais-je être obligé de t'arracher son nom ?

De sa main libre, il lui saisit les cheveux. A quoi bon cette fureur, s'il ne l'aimait pas ? Il était vrai qu'elle avait malmené son amour-propre. Elle le lisait dans ses yeux. Il croyait avoir un concurrent, et pour un homme comme lui, cette pensée était insupportable. Pourquoi ne pas abonder dans son sens ?

— D'accord, d'accord, je vais te dire la vérité.

Serrant les dents, elle se prépara à débiter son mensonge. Avec ce corps puissant si près du sien, elle crut qu'elle n'y arriverait jamais.

— D'une certaine manière, tu as raison. Je suis sincèrement désolée, Dex. Je ne savais pas comment te l'avouer.

Mieux valait ne pas mentionner Paul Morris, se dit-elle. Dex l'avait peut-être vu en Italie. Elle poursuivit héroïquement :

— Je m'en suis rendu compte dès que tu es parti. Tu n'es pas vraiment mon genre d'homme. Nous appartenons à deux mondes trop différents. Je me plais à Londres, j'aime mon travail et je suis très attachée à mes amis. A certains plus qu'à d'autres, précisa-t-elle d'un air entendu. Nous avons passé de bons moments ensemble, mais c'est terminé.

Dex pinça les lèvres ; elle baissa les yeux pour qu'il ne puisse pas y lire qu'elle mentait. Subitement, il la lâcha. Elle retomba assise dans le fauteuil. Rassemblant tout son courage, elle le regarda. Elle était parvenue à ses fins : il était livide.

Dardant sur elle un regard plein de mépris, il secoua la tête.

— Tu n'est qu'une petite garce ! Comme toutes les autres.

Puis, pivotant sur lui-même, il se dirigea vers la porte.

Quel toupet ! Comment osait-il l'insulter ? Comment pouvait-il avoir l'audace de jouer les offensés alors que c'était lui qui l'avait menée en bateau ! Il avait même poussé l'ignominie jusqu'à lui offrir une bague. La bague ! Elle ramassa son sac et fouilla dedans. Ayant trouvé le diamant, elle bondit sur ses pieds.

— Dex, attends !

Il se retourna, le visage impénétrable.

— Es-tu certain de ne rien avoir oublié ? Ta bague.

— Garde-la. En souvenir d'un fiasco. A moins, bien sûr, que tu ne souhaites la rembourser en nature.

Un rictus moqueur déforma sa bouche.

— Contrairement à tous ceux qui m'ont précédé, je n'ai toujours pas visité ta chambre.

C'était plus qu'elle n'en pouvait supporter. Lui jetant la bague au visage elle s'écria :

— Sors d'ici ! Va-t'en !

Le bijou atteignit sa joue avant de tomber sur le sol.

Dex s'avança vers Beth, les yeux étincelants. Seigneur ! Elle était allée trop loin. Le cœur battant à tout rompre, elle recula. Une tache de sang maculait la pommette de Dex. Il n'avait que ce qu'il méritait...

— Personne ne m'a jamais mis à la porte, déclarat-t-il d'un ton dangereusement posé.

— Jusqu'à aujourd'hui, répliqua-t-elle du tac au tac.

Cependant, elle n'en menait pas large, tandis qu'il continuait à avancer, l'obligeant à reculer dans le couloir qui menait à sa chambre.

— Non, jamais, répéta-t-il en la saisissant par les épaules et en l'attirant vers lui. Et surtout pas une gamine sournoise de ton espèce.

Au contact de ses mains, Beth fut parcourue d'un long frisson. Un sourire carnassier étira les lèvres de Dex.

— Une gamine qui ne sait même pas si elle veut me laisser tomber ou me sauter dessus. Je suis curieux de connaître la réponse, Bethany. Pas toi ?

— Non ! implora-t-elle, terrifiée par l'implacable détermination qu'elle lisait sur ses traits.

Ce qu'il avait en tête n'était pas difficile à deviner. Il fit lentement glisser ses mains sur ses épaules, les referma sur ses bras ; elle fut secouée de tremblements. Elle voulut lui crier de s'arrêter ; les mots restèrent coincés dans sa gorge. Il la souleva et enfouit son visage dans sa poitrine. A travers le tissu fin de son caraco, il mordilla la pointe d'un de ses seins, avec une langueur perfide.

Réprimant un gémissement, elle noua les mains dans sa chevelure de jais pour se maintenir en équilibre.

— Pose-moi ! parvint-elle enfin à crier en lui donnant des coups de pied dans les jambes.

Que pouvait-elle contre sa force ? Et surtout, contre la douceur diabolique de sa bouche, qui continuait de butiner ses seins ?

— Dans une minute, promit-il d'une voix mielleuse. Dès que j'aurai trouvé ta chambre.

— Non ! s'écria-t-elle avec désespoir, déchirée entre le dégoût d'elle-même et le désir.

Sourd à ses protestations, il la porta jusqu'à une porte qu'il ouvrit d'un coup d'épaule.

— Tu ne peux pas faire ça. Pose-moi !

— Je peux le faire et je ne vais pas m'en priver.

Beth se retrouva tout à coup sur son lit, étendue sur le dos. Pétrifiée, elle regarda Dex se débarrasser en un clin d'œil de sa veste, de sa cravate et de sa chemise.

La vue de son torse musclé et légèrement hâlé, recouvert d'une fine toison brune, lui coupa le souffle. De ses longs doigts fins, il ouvrit le premier bouton de sa braguette.

La fascination et l'horreur écarquillaient ses yeux.

— Tu ne peux pas faire ça !

Il ignora son cri.

— Va-t'en ! Je t'ordonne de partir !

Il enleva son pantalon.

— Rhabille-toi ! bredouilla-t-elle d'une voix suppliante.

Il était nu, à l'exception d'un slip qui ne dissimulait rien de la vigueur de son désir.

Déglutissant péniblement, elle tenta désespérément de s'asseoir. En pure perte.

Dex venait de la rejoindre sur le lit, et, glissant sa main dans son épaisse chevelure auburn, il attira son visage vers le sien et captura ses lèvres.

Elle s'attendait à un baiser rude et dominateur : ce fut avec une tendresse infinie qu'il l'embrassa. Ce n'était pas juste ! Elle aurait pu résister à sa colère, mais le moyen de ne pas succomber à cela ? Il fit glisser les fines bretelles de son caraco sur ses épaules. Son cœur se mit à battre la chamade, tandis qu'une foule de sensations exquises la submergeait.

Il caressa doucement le galbe de ses seins avant d'en effleurer avec légèreté les bourgeons gorgés de désir.

Elle eut alors l'impression d'être transpercée par mille petites flèches d'argent. Peu à peu, elle sentait sa résolution faiblir. Sa colère contre lui semblait si dérisoire face au désir ardent qu'il faisait naître en elle !

Levant la tête, il promena sur les pointes hérissées de ses seins un regard gourmand. Il lui ôta son caraco et fit glisser adroitement sa jupe sur ses hanches étroites.

— Non, dit-elle dans un souffle, s'efforçant de maîtriser l'affolement de ses sens.

— Tu me désires, Beth. Ne le nie pas.

Lorsqu'il lécha doucement ses seins gonflés, elle se cambra, parcourue par des ondes de volupté. Le saisissant par les cheveux, elle tenta vainement de le repousser une fois encore. Mais il aspira dans sa bouche un mamelon turgescent ; enfonçant ses doigts dans ses boucles noires, elle s'abandonna au plaisir qui irradiait dans tout son corps.

— Vas-y, Beth, murmura-t-il d'une voix âpre en se concentrant sur son autre sein. Laisse-toi aller, ma chérie.

Il enveloppa d'une main le galbe de sa hanche puis la glissa entre ses cuisses avant de lui enlever son slip.

Les doigts toujours emmêlés dans la masse de ses cheveux, elle laissa échapper un hoquet de plaisir. Il avait malheureusement raison ! Elle le désirait de tout son être.

Risquant une main entre ses cuisses, il trouva le cœur moite de sa féminité et se mit à l'explorer avec une habileté démoniaque.

Elle crut défaillir de plaisir et de désir mêlés. Ses mains se refermèrent sur le dos de Dex ; elle ondulait sous ses caresses. Jusqu'où les mènerait ce merveilleux voyage ? Elle brûlait de le découvrir.

Quand il la sentit prête à basculer, il abandonna ses caresses pour se glisser entre ses jambes, tandis que ses mains puissantes se refermaient sur ses épaules. Frottant doucement son sexe contre son triangle soyeux, il écrasa ses lèvres contre les siennes. Impatiente de l'accueillir en elle, elle enfonça ses ongles dans sa chair en un appel muet.

Dex releva la tête. Tendant le bras vers la table de chevet, il prit le préservatif qu'il y avait posé.

D'une main il caressa de nouveau le bourgeon hérissé de son sein, y porta ses lèvres, le mordilla. Beth ne s'appartenait plus. Son corps n'était plus qu'une vibration, une pulsation moite et brûlante.

— Que veux-tu, Beth ? s'enquit-il dans un souffle. Dis-le. Dis-moi : « Je te veux, Dex. »

Elle plongea ses yeux dans les yeux gris maintenant presque noirs de désir. Il l'avait trahie, mais elle l'aimait tellement... Pourquoi se refuserait-elle cette nuit d'amour ? Qu'y aurait-il de mal à cela ? D'instinct, elle savait qu'elle ne désirerait plus jamais aucun homme comme elle désirait Dex en ce moment.

— Je te veux, Dex. S'il te plaît, murmura-t-elle, s'ouvrant à lui pour l'accueillir.

Enveloppant de ses larges mains la rondeur ferme de ses fesses, il prit place en elle d'un seul mouvement puissant.

Une douleur fulgurante vrilla le ventre de Beth, comme si un coup de couteau venait de la transpercer. Elle poussa un cri ; la bouche de Dex recouvrit la sienne, et il s'immobilisa.

Plongeant son regard de braise dans le sien, il déversa un flot de paroles en italien. La douleur s'effaçant peu à peu, elle fut de nouveau submergée de désir. Sentant Dex se retirer, elle noua ses jambes autour de sa taille.

— Non, s'il te plaît ! s'écria-t-elle.

Il ne pouvait pas s'arrêter maintenant ! Elle avait trop envie de lui. Il recommença à bouger en elle, d'abord très lentement, puis de plus en plus vite. Renversée en arrière, elle s'abandonna aux flammes du plaisir dansant au rythme frénétique des assauts de Dex. Puis il y eut comme une déflagration silencieuse. Propulsée par une ultime vague au sommet de la volupté, elle eut l'impression que son corps explosait en un millier de fragments.

Rester jusqu'à la fin des temps dans cet état inouï sans jamais démêler son corps de celui de Dex... Si seulement c'était possible ! Jamais elle n'aurait pu imaginer un plaisir aussi intense. Ni les romans d'amour ni les conversations entre filles ne l'avaient préparée à cela. Comme elle aimait cet homme ! Elle lui caressa tendrement le dos. Son poids sur elle, les battements de son cœur contre sa poitrine, tout était une source de joie indicible. Elle resta ainsi un long moment, savourant la plénitude de l'instant.

Soudain, Dex roula sur son dos.

— Où est la salle de bains ? grommela-t-il.

Elle crut recevoir une douche glacée.

— Mon appartement n'est pas si grand. Je suis certaine qu'un homme de ton intelligence la trouvera facilement.

— Le sarcasme ne te va pas du tout, Beth.

Dex s'assit, la cuisse appuyée contre son flanc. Il se pencha vers elle et déposa un baiser furtif sur ses lèvres gonflées.

— Par ailleurs, ma petite ingénue, ce genre de choses n'est pas réutilisable et j'ai le sentiment que nous n'en avons pas encore fini.

C'est seulement à ce moment-là qu'elle se rendit compte qu'il avait utilisé une protection. Son visage vira au pourpre, ainsi que son corps tout entier. Attrapant le drap, elle s'en couvrit prestement.

— Trop tard, Beth. J'ai déjà eu tout le loisir de t'admirer, plaisanta-t-il avant de se lever.

Fascinée, elle contempla ses larges épaules et son

torse puissant, encore luisant de sueur. Il était aussi beau qu'il était arrogant, songea-t-elle sans pouvoir détacher les yeux de sa resplendissante nudité.

— Mais toi, ne te prive pas. Regarde bien. Je dois dire que je n'aurais jamais imaginé être ton premier amant. Ce fut un grand honneur pour moi, ajouta-t-il en éclatant de rire.

Rouge de colère et d'humiliation, elle détourna les yeux.

6.

Beth ramassa un oreiller et le jeta dans le dos de Dex ; elle manqua son but. Il disparut dans le couloir et l'écho de son rire augmenta la colère de la jeune femme.

Balayant la chambre du regard, elle prit conscience de l'énormité de ce qui venait de se passer. Son estomac se noua ; une vague de panique la submergea. Bondissant de son lit, elle se précipita vers la penderie, prit sa robe de chambre en laine bleue et l'enfila en hâte. Apercevant une tache rouge sur le sol, elle poussa sa jupe et son caraco sous le lit d'un coup de pied rageur. Jamais plus elle ne porterait cet ensemble ! se promit-elle en sortant de la pièce.

Il fallait qu'elle se débarrasse de Dex. Cette pensée l'obsédait. Elle entra dans la cuisine et brancha la bouilloire. Un café, peut-être, l'aiderait à se calmer, s'il y avait peu de chances qu'il efface le souvenir du corps de Dex mêlé au sien...

Elle laissa échapper un gémissement. Quelques heures plus tôt, elle nageait en plein bonheur. Fiancée à l'homme de sa vie, elle anticipait avec joie le moment où elle se donnerait à lui. A présent, elle avait connu le bonheur dans ses bras — mais ils n'étaient plus fiancés !

La bouilloire siffla et elle se servit un café instantané.

Avec quelle ardeur elle s'était abandonnée dans les bras de son amant ! songea-t-elle. Jamais elle ne se serait crue capable d'une telle fougue... Comment allait-elle trouver le courage de le regarder en face ?

Avant qu'elle pût trouver la réponse, la porte s'ouvrit et Dex fit son apparition. Les cheveux en bataille, la chemise hors du pantalon, il était particulièrement attirant.

Beth baissa les yeux.

Pourquoi fallait-il qu'il soit si séduisant malgré sa fourberie ? Et pourquoi — question mineure, mais tout en cette minute lui paraissait étrange — était-il resté si longtemps dans la salle de bains ?

Levant le regard vers lui, elle se raidit. Un sourire désabusé aux lèvres, il la fixait de ses yeux argent.

— Je veux bien une tasse de café, Beth. A défaut d'autre chose... Je suppose que si tu as quitté la chambre avec autant de hâte c'est parce que tu as décidé que les réjouissances étaient terminées.

Beth reposa son bol d'un geste brusque et le fusilla du regard. Il avait décidément un aplomb incroyable — et quelle brute ! Manifestement, avoir été son premier amant ne le bouleversait pas !

— Beth, tu vas bien ?

Que lui importait ? Que jamais plus elle n'irait bien était sans nul doute le dernier de ses soucis.

— Très bien. Je vais très bien, répondit-elle d'un ton acide. Quant à toi, je te prie de disparaître immédiatement. Je ne veux plus jamais te revoir.

Il fit un pas vers elle.

— Ne m'approche pas ! Ne crois-tu pas avoir fait assez de dégâts pour cette nuit ?

— Tu ne penses pas vraiment ce que tu dis, Beth, affirma-t-il d'une voix sourde, une main tendue vers elle. Tu es bouleversée. Cela arrive souvent, ne t'en fais pas.

Il la prit par les épaules et l'attira à lui.

— Ce sera beaucoup mieux la prochaine fois, je te le promets.

Beth faillit s'étrangler.

76

— Il n'y aura pas de prochaine fois, espèce de goujat ! Je ne veux plus entendre parler de toi. Vas-t'en d'ici !

Il y eut une longue pause.

— Je ne comprends pas. Tu romps nos fiançailles. Quelques instants après tu me tombes dans les bras. Et finalement, tu me mets à la porte ?

— Exactement. Va-t'en ! cria-t-elle, la gorge nouée.

— Oh, non ! Pas avant de t'avoir fait admettre que tu n'es pas sincère.

Il fit glisser un bras autour de sa taille et la plaqua contre lui.

— Je suis sincère, bredouilla-t-elle, comme les lèvres de Dex se posaient sur les siennes.

Au contact de sa bouche, elle se sentit fondre et s'alanguit contre lui.

— Alors ?

Où puisa-t-elle le courage de le repousser ? Elle n'aurait pu le dire. Sans doute un dernier sursaut de son amour-propre...

— Encore une fois, je te demande de t'en aller, dit-elle d'un ton qu'elle espérait ferme.

— C'est très clair, déclara-t-il d'une voix blanche.

Puis il fit demi-tour et quitta la cuisine.

— Emporte ta bague ! Elle est quelque part dans le salon ! cria-t-elle en le suivant dans le couloir.

Avec une impression de déjà vu, elle le vit se tourner vers elle au moment où il s'apprêtait à franchir le seuil, et entendit sa voix grave, indifférente, résonnant dans ce qu'il lui semblait être un silence de mort :

— Garde-la...

Il eut un haussement d'épaules.

— ...tu l'as gagnée, maintenant.

Sur cette dernière insulte, il sortit de sa vie — du moins le crut-elle.

**
*

Atterrée, Beth examina son reflet dans le miroir de la salle de bains. Seigneur ! Elle ne pouvait pas aller travailler dans cet état. Ses yeux étaient rouges, ses paupières gonflées, bref une mine épouvantable. Cela ne la surprenait pas : elle n'avait pas fermé l'œil de la nuit.

Après le départ de Dex, les larmes qu'elle avait eu tant de mal à retenir en sa présence avaient déferlé ; s'abandonnant au chagrin, elle avait sangloté pendant des heures. Une fois calmée, elle avait pris une douche. Quand elle avait décidé de se coucher, la vue des draps froissés, l'odeur de Dex qui flottait encore dans la chambre lui avaient donné le coup de grâce. Elle avait fini par se pelotonner dans son fauteuil, les yeux dans le vague, se rappelant chaque sourire, chaque caresse, chaque mot tendre qu'il avait eu. Chaque mensonge...

Jamais elle n'aurait imaginé qu'une rupture puisse être aussi dévastatrice. Un poids sur la poitrine l'empêchait de respirer normalement, son estomac était complètement noué. Mais le plus douloureux, c'était ce sentiment d'impuissance contre les forces qui l'attiraient vers Dex. Même sa fierté n'avait pu l'empêcher d'y succomber...

Le son lointain d'un carillon avait fini par la tirer de sa torpeur à 6 heures du matin. Il était temps qu'elle cesse de s'apitoyer sur elle-même. Se levant péniblement du fauteuil, elle avait gagné la salle de bains.

Une fois de plus, elle grimaça dans le miroir, avant de se diriger vers sa chambre. Le cœur serré, elle trouva le courage de défaire le lit et de mettre les draps au sale. Cinq minutes plus tard, vêtue d'une jupe noire stricte et d'un pull jaune, elle entrait dans la cuisine.

N'avait-elle pas lu quelque part qu'une tranche de pomme de terre crue faisait des miracles sur les paupières tuméfiées ? Après avoir bu son café, elle éplucha une pomme de terre et la coupa. De retour dans le salon, elle s'assit dans le fauteuil et appliqua une tranche sur chaque œil. Quel spectacle elle devait offrir ! Cette pensée la fit sourire. Alors elle comprit que la vie devait continuer. Elle rirait encore. Peut-être pas dans l'immédiat — certainement pas dans l'immédiat. Mais il n'était pas question de gâcher sa vie à cause d'un homme comme Dexter Giordanni.

Sa détermination faiblit lorsqu'elle pénétra dans l'immeuble qui abritait les bureaux de Canary Characters. Dès qu'elle se pencha sur le comptoir de la réception pour signer la fiche de sécurité — formalité obligatoire pour tous les employés — Lizzie, la réceptionniste, remarqua l'absence de la bague.

— Bonjour, Beth. Tu as déjà perdu ton diamant? plaisanta-t-elle.

Beth sentit ses joues s'empourprer. Elle s'efforça de répondre d'un ton désinvolte :

— Le diamant, non, mais l'homme, oui...

— Oh! Tu veux dire que tes fiançailles sont rompues?

— Oui. Me voilà de nouveau célibataire et libre comme l'air.

La pitié qu'elle lut dans les yeux de la jeune femme lui donna envie de rentrer sous terre.

— Je suis vraiment navrée, Beth.

— Pas moi. Je garde la bague. C'est un investissement pour mes vieux jours.

Le commentaire apitoyé de Lizzie fut le premier d'une longue série. En quelques heures, toute la société avait appris la fin du conte de fées de Beth.

Son attitude détachée ne leurra pas son amie Mary.

— Que s'est-il réellement passé?

Beth aurait aimé se confier à Mary, sa fierté l'en empêcha.

— Tu avais raison, Mary. Les passions fulgurantes sont éphémères. Dex et moi avons échangé quelques baisers. Il m'a offert une bague et j'ai cru que c'était le grand amour. Mais hier, quand nous nous sommes retrouvés après une séparation de quelques jours, nous nous sommes rendu compte qu'il n'y avait plus rien entre nous.

Elle eut un peu honte de mentir aussi effrontément.

— Je veux bien te croire. Si tu as besoin de quelqu'un à qui te confier, n'oublie pas que je suis là.

— Je sais. Je te remercie, mais ne t'inquiète pas, tout va bien, répondit Beth avec un pâle sourire.

Deux semaines plus tard, elle se sentait beaucoup mieux. Comme elle mettait le couvert dans la cuisine, elle se surprit à siffloter un des derniers tubes du hit-parade. Mike venait dîner avec sa petite amie, Elizabeth, qu'il voulait lui présenter. Ils devaient ensuite se rendre tous les trois à une fête donnée à l'occasion d'Halloween. Beth se réjouissait à l'avance de cette sortie, d'autant plus qu'elle n'avait pas revu Mike depuis le jour où ils avaient présenté leur numéro pour l'anniversaire de son patron. Il ne savait rien de ses fiançailles éclair et ne risquait pas de lui poser d'embarrassantes questions.

Au bureau, cette histoire avait vite été oubliée. Elle s'était jetée à corps perdu dans le travail et n'avait pas eu le temps de penser beaucoup à Dex. Elle avait retrouvé la bague par terre dans le salon et l'avait enfouie au fond d'un tiroir, loin de ses yeux et de son cœur.

Les nuits surtout étaient pénibles. Seule dans son appartement, elle revivait en pensée les moments qu'elle avait passés dans les bras de Dex. Elle avait beau se répéter que chacun de ses baisers n'avait été qu'un simulacre, elle ne parvenait pas à maîtriser les sensations que ressuscitaient ces souvenirs.

Son sommeil enfin — quand elle parvenait à le trouver — était très agité. Dex hantait ses rêves et elle se réveillait souvent au milieu de la nuit, le corps en sueur...

Ce soir, elle allait s'amuser, se promit-elle en se maquillant devant le miroir de la salle de bains. Peut-être même n'aurait-elle pas à se forcer : s'il y avait quelqu'un capable de la dérider, c'était bien Mike.

La sonnette retentit. Elle alla ouvrir et éclata de rire.

— C'est toi, Mike ?

Il portait une combinaison noire qui le moulait des pieds à la tête et sur laquelle était dessiné un squelette luminescent.

— Qui veux-tu que ce soit, petite sœur ? Permets-moi de te présenter Elizabeth.

Il pénétra dans la pièce avec à son bras la créature la plus hideuse que Beth eût jamais vue.

Elle aima tout de suite Elizabeth. Une femme qui n'hésitait pas à rencontrer pour la première fois la sœur de son petit ami dans un costume aussi peu flatteur avait de toute évidence le sens de l'humour.

— Ravie de faire votre connaissance, dit Beth avec un grand sourire, frappée par la beauté des yeux turquoise qui brillaient de malice au-dessus d'un énorme nez crochu, d'une bouche édentée et d'un menton affublé d'une grosse verrue.

— Bonjour, Beth. Laissez-moi vous préciser que l'idée du déguisement est de Mike.

Elizabeth se tourna vers son compagnon et le regard complice qu'ils échangèrent serra le cœur de Beth. Sa tristesse s'accentua lorsque Mike prit la main d'Elizabeth pour la lui faire admirer.

— Tu es la première à l'apprendre, Beth. Elizabeth et moi, nous nous sommes fiancés la nuit dernière.

La bague, un saphir bleu cerclé de diamants, était magnifique. Beth les félicita en s'efforçant de dissimuler son désarroi.

— Et ce n'est pas tout. Lundi, j'ai été promu directeur des ventes, au double de mon salaire actuel.

— Ah ! Je vais enfin récupérer tout l'argent que je t'ai prêté ces dernières années, plaisanta-t-elle.

— Hé ! Doucement, petite sœur ! Je n'ai pas encore été payé.

Elizabeth secoua la tête en mimant le plus profond découragement et tous trois éclatèrent de rire en chœur.

Le ton de la soirée était donné. Entre deux fous rires, ils dégustèrent le repas que Beth avait préparé : spaghettis *al guanciale* accompagnés de pain frit à l'ail. La fête à laquelle ils étaient invités ne commençait pas avant 22 heures, et comme ils devaient s'y rendre en taxi, ils firent honneur à la bouteille de champagne que Mike avait apportée, puis à celle que Beth avait achetée à l'origine pour le retour de Dex, et dont elle était heureuse de se débarrasser.

Elle prépara ensuite le café, qu'elle servit dans le salon ; Elizabeth et Mike partagèrent l'unique fauteuil, tandis qu'elle s'installait sur un pouf.

— Maintenant que tu sais tout de ma vie, à ton tour. Quoi de neuf dans la tienne ? questionna soudain Mike.

Beth poussa un miaulement plus vrai que nature, puis, ignorant sa question :

— J'ai laissé mes moustaches dans la salle de bains. Je vais aller les mettre.

Nul doute que Mike ne tarderait pas à l'interroger de nouveau. Pour le moment, elle préférait s'esquiver.

Dix minutes plus tard, elle revenait en pirouettant dans le salon.

Son costume de chat était une combinaison noire moulante dotée d'une queue et d'un capuchon noir avec deux oreilles. Une longue moustache complétait le déguisement.

— Qu'en pensez-vous ? Suis-je convaincante ?

— On dirait plutôt un chaton. Tu es tellement minuscule, se moqua Mike, qui savait que sa taille était son point sensible.

— Traître ! s'écria-t-elle en bondissant vers lui, les doigts recourbés comme des griffes.

Elle se vengea en lui infligeant la torture qu'il craignait par-dessus tout : les chatouilles. Dans le chahut qui s'ensuivit, elle n'entendit pas l'Interphone.

La voix d'Elizabeth la fit se lever d'un bond.

— Je lui ai dit de monter, Beth.

— A qui ?

— A Dexter Giordanni. Il s'est présenté comme un de tes amis, et comme je sais que c'est un client de Mike... j'ai pensé bien faire.

— Quoi ? s'exclama, Beth, horrifiée.

— Voyez-vous ça, commenta Mike. Me cacherais-tu quelque chose au sujet de ce cher Dexter, Beth ?

— Mais pas du tout ! protesta-t-elle au moment où le timbre de la sonnette retentissait.

Elizabeth alla ouvrir.

Beth resta pétrifiée. Debout sur le seuil, Dex semblait lui aussi en état de choc.

— *Dio*, que se passe-t-il ? Suis-je tombé dans une maison de fous ? s'exclama-t-il en promenant un regard ébahi de la sorcière au squelette, en passant par le chat.

Mike intervint avec sa jovialité habituelle.

— Entrez, je vous en prie, dit-il avant de présenter fièrement sa fiancée à Dex.

Elizabeth jeta un coup d'œil à l'homme séduisant qui se tenait devant elle, vêtu d'un smoking et d'une chemise de soie blanche éclatante. Elle se tourna vers Mike.

— Je savais que je n'aurais pas dû me laisser convaincre de porter cet accoutrement. Je dois avoir une de ces allures !

Décidément, Dex exerçait une réelle fascination sur les femmes, pensa Beth. Même Elizabeth, sincèrement amoureuse d'un autre homme, ne pouvait s'empêcher d'être impressionnée par son charme !

— Pas du tout, Elizabeth. Vous êtes sensationnelle. Je n'ai jamais vu de sorcière aussi extraordinaire.

Le son de sa voix de velours, teintée d'humour, mit les nerfs de Beth à fleur de peau. Elle eut une moue dédaigneuse.

— Et vous, vous êtes le squelette le plus vivant que

j'aie rencontré, ajouta-t-il en adressant un clin d'œil à Mike. Enfin je ne crois pas avoir jamais eu l'occasion d'admirer un félin d'une telle splendeur.

Tandis que ses yeux gris la détaillaient des pieds à la tête, elle se hérissa comme un vrai chat.

Le tissu extensible de sa combinaison épousait chaque courbe de son corps. Sous le regard admirateur de Dex, elle sentit ses joues s'enflammer.

— Comment oses-tu te présenter ici ? s'indigna-t-elle à voix basse pour que Mike et Elizabeth ne l'entendent pas.

— On dirait que ce costume a été conçu pour toi, ma chérie. Il est aussi adapté à ton physique qu'à ton caractère, rétorqua-t-il suffisamment fort pour que tout le monde en profite.

Pourquoi s'acharnait-il contre elle ? Il la prit par les épaules et inclina la tête vers elle. Pensant qu'il allait l'embrasser, elle se raidit. Il se contenta d'effleurer sa joue en murmurant — cette fois, pour elle seule :

— Les marques de griffures qui zèbrent encore mon dos en sont la preuve.

Elle rougit de plus belle. L'image saisissante de leurs deux corps enlacés s'imposa à son esprit. Le mufle ! Se dégageant d'un mouvement brusque, elle passa devant lui sans un regard et dit à son demi-frère :

— Mike, nous ferions mieux d'y aller si nous ne voulons pas arriver en retard.

Puis se tournant vers Dex :

— Ravie de t'avoir revu, mais nous sommes sur le point de sortir. Appelle-moi la prochaine fois que tu seras de passage à Londres.

— Je n'y manquerai pas, répondit-il d'une voix suave en s'avançant vers la porte.

Beth lui ouvrit avec un sourire poli. Dieu merci, il n'insistait pas ! songea-t-elle avec soulagement. Puis, ses clés dans la main, elle s'aperçut que dans sa tenue, elle pouvait difficilement s'encombrer d'un sac.

— Donne-les-moi, suggéra Elizabeth, comprenant son problème. Je suis la seule à avoir des poches, comme me l'a galamment fait remarquer Mike au moment de payer le taxi.

Elle tendit les clés à Elizabeth en se félicitant intérieurement de son sang-froid. Malgré la boule qui lui nouait l'estomac, elle avait réussi à se débarrasser de Dex sans cris ni larmes. Il en était pour ses frais.

Malheureusement, Mike crut bon d'intervenir.

7.

Comment avait-elle pu se laisser piéger ainsi ? Beth se le demandait encore lorsqu'une demi-heure plus tard, Dex l'aida à descendre de sa limousine à Holland Park, devant le restaurant de l'ami de Mike. Son demi-frère et Elizabeth se dirigeaient déjà vers l'entrée de l'établissement, dans lequel se déroulait la soirée privée organisée à l'occasion d'Halloween.

Dégageant son bras, Beth lança d'un ton hargneux :

— Je n'ai pas besoin de ton aide.

Le trajet avait été un véritable cauchemar. Coincée à l'arrière de la voiture entre les deux hommes, elle n'avait pas décoléré. Pourquoi Mike avait-il eu l'idée saugrenue d'inviter Dex à les accompagner ? Elle était d'autant plus furieuse que la proximité de ce dernier la troublait. Impossible de le nier...

— Du calme, Beth. Ce n'est pas parce que ce déguisement te va à ravir que tu es obligée de sortir tes griffes, commenta Dex d'une voix traînante.

— Et toi, ce n'est pas parce que Mike t'a invité que tu étais obligé de venir ! Tu aurais très bien pu prétexter un autre engagement. Tu n'es même pas déguisé.

Il posa un doigt sur sa bouche.

— Je ne pouvais tout de même pas t'abandonner à un moment où tu avais besoin de moi.

— Besoin de toi ? s'exclama-t-elle en écarquillant les yeux.

Pour qui se prenait-il ? L'oublier était la seule chose dont elle avait besoin.

— Je me targue d'être un gentleman et tu n'as visiblement pas de cavalier. J'ai eu peur que tu ne te sentes un peu seule en compagnie d'un couple d'amoureux.

Quel goujat ! Il se moquait ouvertement d'elle !

— Si j'avais voulu un cavalier, j'en aurais trouvé un.

— Si tu le dis...

La prenant par la taille, il l'entraîna vers l'entrée du restaurant.

S'imaginait-il vraiment qu'il allait réussir à lui clouer le bec avec autant de facilité ?

— Venir seule était un choix délibéré. Ce soir, j'ai l'intention de jouer les séductrices, affirma-t-elle d'un ton qu'elle espérait enjoué.

Elle aurait plutôt voulu rentrer se terrer chez elle. Il n'était pas question de lui laisser soupçonner à quel point le revoir la bouleversait.

— Je suis tout disposé à me laisser séduire, murmura-t-il en la serrant contre lui.

Elle déglutit péniblement, tandis que le désir qui brillait dans les yeux argent trouvait un écho au plus profond de son être.

Elle jeta autour d'elle un regard désespéré, tout en essayant de s'écarter de lui. Ce n'était pas si simple. Une cohue impressionnante se pressait dans le hall du petit restaurant — une foule au coude à coude de fantômes, de diables et de sorcières.

La tenant fermement, Dex l'entraîna à l'intérieur ; au contact de sa hanche contre la sienne, elle fut parcourue d'un long frisson.

— Ça va, tu peux me lâcher, maintenant, dit-elle d'un ton sec.

Le spectacle qui s'offrait à elle était pour le moins étonnant. Dans le fond, sur une estrade, un disc-jockey affublé de cornes et drapé dans une immense cape rouge — le diable en personne! — se démenait aux commandes de ses platines. Un stroboscope projetait des éclairs de lumière multicolores au rythme d'une musique assourdissante. Au centre, sur la piste de danse, plusieurs dizaines de monstres en tout genre ainsi que quelques femmes en petite tenue se déhanchaient avec frénésie. Le reste de la salle était occupé par des tables jonchées de bouteilles et de verres, autour desquelles d'autres créatures fantasmagoriques discutaient et riaient. Beth ne put s'empêcher de penser à un tableau de maître italien du XVIIe siècle qu'elle avait vu à la Tate Gallery. Une huile représentant l'enfer...

Quelle ironie! songea-t-elle amèrement. Depuis la réapparition de Dex sur le seuil de sa porte, elle avait justement l'impression d'avoir plongé en enfer. Elle devait absolument trouver un moyen de s'échapper de cet endroit au plus vite.

— Votre demi-frère a des amis très intéressants, commenta Dex en arquant les sourcils d'un air sarcastique.

Beth suivit son regard, qui s'était posé sur une femme voluptueuse dont le costume minimaliste était constitué de trois feuilles de vigne. Quel rapport avec Halloween? Si Beth n'en avait aucune idée, Dex manifestement ne se posait pas la question. Il était béat d'admiration. Elle en profita pour s'éloigner de lui.

Ayant aperçu Mike et Elizabeth, elle se dirigea vers eux. Elle sentit tout à coup qu'on tirait d'un coup sec sur sa queue. Basculant en arrière, elle se cogna contre un torse puissant. Luttant pour garder son équilibre, elle se retourna vivement.

— Veux-tu lâcher ma queue? lança-t-elle à Dex en tentant de le repousser.

Pourquoi, mais pourquoi s'était-elle laissé convaincre de porter ce costume ridicule?

— Elle est tellement mignonne, Beth, objecta-t-il d'un ton moqueur.

Lui décochant un regard furieux, elle le vit enrouler l'appendice incriminé autour de son poignet. Puis elle tressaillit en sentant sa main se refermer sur sa hanche. Cet homme allait la rendre folle.

— En fait, j'adore ton costume. Le chat est mon animal préféré, reprit-il en la caressant doucement au creux des reins.

Elle ne put réprimer un frisson et son compagnon éclata de rire devant sa mine furieuse.

— Avec une paire de crocs, tu ferais un comte Dracula plus vrai que nature ! lâcha-t-elle d'une voix tremblante de colère.

Il l'attira plus près de lui.

— Dracula... L'idée me plaît, Beth, murmura-t-il en faisant glisser ses doigts fins le long de son cou. Laisse-moi te donner un baiser de vampire.

Elle sentit son cœur s'emballer. Ses mains posées sur la poitrine de Dex, au lieu de repousser ce dernier, s'attardèrent sur la soie de sa chemise. Lorsqu'il se plaqua contre elle, elle laissa échapper un petit cri étouffé. La force de son désir ne faisait aucun doute. Penchant la tête, il promena ses lèvres sur son cou frémissant.

C'est à ce moment précis que retentit la voix enjouée de Mike.

— Que faites-vous tous les deux ? Vous dansez ?

— Exactement, répondit Dex en entraînant Beth sur la piste.

Les joues en feu, elle fulminait. Que n'aurait-elle pas donné pour être ailleurs ! Lorsque les bras vigoureux de Dex se refermèrent sur elle, elle n'en fut plus si sûre. C'était si bon de se blottir contre ce torse athlétique...

Il fallait à tout prix chasser de son esprit ce genre de pensées, se rabroua-t-elle aussitôt. Dex s'était moqué d'elle. Il ne l'avait invitée à sortir que pour l'éloigner de Paul. Elle ne devait jamais l'oublier. Et s'il avait couché avec elle par la suite, c'était pour panser une blessure d'orgueil. Et dire qu'elle l'avait laissé faire ! Ah, elle pouvait être fière !

Elle soupira. La pression de la main de Dex sur son dos et le mouvement subtil de son corps contre le sien éveillaient en elle des sensations délicieuses. Se concentrant sur la musique, elle s'efforça de garder toute sa lucidité. Elle aimait danser et, pour un homme de sa stature, Dex était remarquablement souple. Ils glissaient sur la piste dans un accord parfait... Malgré ses bonnes résolutions, elle ne pouvait s'empêcher de s'abandonner dans ses bras.

Soudain, le slow fit place à un morceau de techno trépidant.

— Veux-tu continuer ? murmura Dex à son oreille.

Pourquoi pas ? Après tout, ils se trouvaient à une fête et elle méritait bien de s'amuser un peu. Se détachant de lui, elle se mit à virevolter.

— Si tu en es capable, cria-t-elle en lui jetant un regard de défi.

Il en était capable... Elle aurait dû s'en douter. Dexter Giordanni se devait de danser comme il faisait tout le reste : à la perfection. Comme hypnotisée, elle le regardait onduler au son de cette musique lancinante, et se mouvait, comme par hasard, en parfaite harmonie avec lui.

Lorsque le rythme finit par ralentir pour un nouveau slow, Dex l'attira dans ses bras. Elle se laissa faire de bonne grâce.

— Petit chaton de mes fantasmes, murmura-t-il en en la serrant contre lui. Veux-tu bien ronronner pour moi ?

— A mon tour, intervint la voix de Mike avant qu'elle ait eu le temps de répondre.

— D'accord..., acquiesça Dex, en la lâchant. Je vais chercher à boire.

Comment était-il capable de recouvrer son sang-froid en un éclair, alors qu'elle tenait à peine debout ? se demanda Beth, tout étourdie. Devait-elle se réjouir de cette interruption ?

— Qu'y a-t-il exactement entre Giordanni et toi, Beth ?

La voix de Mike la fit sursauter.

— Rien. Rien du tout.

— Allons, je te connais et je me souviens de ton air émerveillé le jour où tu l'as rencontré à l'anniversaire de mon patron. Alors ? Tu sors avec lui ?

— Pas du tout ! Je l'ai vu deux ou trois fois, avant de me rendre compte que ce n'était pas mon genre. Je n'avais aucune nouvelle de lui depuis des semaines.

— Alors pourquoi flirte-t-il avec toi à la moindre occasion ? Et pourquoi est-il passé chez toi, ce soir ?

— Mike ! C'est un véritable interrogatoire ! Je ne sais pas du tout pourquoi Giordanni est passé ce soir, et je m'en moque.

Si seulement c'était vrai ! Il fallait bien reconnaître qu'elle venait de passer un moment merveilleux en compagnie de Dex. Et elle n'avait pas cherché à savoir pour quelle raison il lui avait rendu visite ! Il fallait absolument qu'elle se ressaisisse.

— Excuse-moi. D'après Elizabeth, tu avais besoin d'être secourue. Ne me demande pas pourquoi. « Intuition féminine », a-t-elle répondu quand je lui ai posé la question. Et comme pour moi ses désirs sont des ordres, j'ai immédiatement volé à ton secours, expliqua Mike avec un sourire contrit.

— Je t'adore, répondit-elle, émue par sa sollicitude.

— Je suis ravi que tu ne te sois pas entichée de Giordanni, reprit Mike d'un air grave. Il est certes très séduisant et je sais que c'est un homme d'affaires extrêmement doué. Mais en ce qui concerne les femmes, il a une réputation désastreuse.

— Qui es-tu en train de calomnier, mon cher fiancé ?

Elizabeth, qui venait d'arriver, prit Mike par le bras.

Balayant la salle du regard, Beth aperçut la femme voluptueuse, dont un sein était à présent dénudé.

— La créature plantureuse qui vient de perdre une feuille de vigne, improvisa-t-elle en se tournant vers Elizabeth.

A son grand soulagement, l'attention de Mike et de sa fiancée fut aussitôt détournée.

— Seigneur ! Je t'interdis de la regarder, Mike ! s'exclama Elizabeth en mettant les mains sur les yeux de son fiancé.

Puis elle adressa un clin d'œil à Beth en riant.

— Trouble-fête ! cria Mike.

— Tenez, intervint une voix chaude.

Beth pivota sur elle-même et se retrouva face à Dex. Il tendit une coupe de champagne à chacun.

Beth but la sienne d'un seul trait. Elle en avait besoin ! Dire qu'elle avait failli oublier pour quelle raison elle avait quitté Dex... Comment avait-elle pu faire preuve d'une telle faiblesse ?

Tout à coup, elle trouva la musique assourdissante. Le disc-jockey était en train d'annoncer qu'il était minuit et la foule se déchaînait. Son capuchon lui compressait les tempes, provoquant un début de migraine. Si elle ne s'échappait pas rapidement, elle allait avoir un malaise. Elizabeth était en train de lui parler ; le bruit l'empêcha de comprendre ses paroles.

— Qu'as-tu dit ?

— L'ambiance devient un peu trop survoltée, cria Mike. Nous partons.

Sans lâcher la main d'Elizabeth, il se dirigea vers la sortie.

Dex prit la coupe de Beth et la posa sur une table.

— Nous aussi, déclara-t-il.

Quel aplomb !

— Non, la soirée commence à peine à s'animer. Je reste, rétorqua-t-elle en redressant le menton.

Elle n'en avait aucune envie, mais il n'était pas question qu'elle se pliât aux ordres de monsieur. Son air supérieur était insupportable !

— Si elle continue à s'animer un peu plus, ce ne sera plus une fête mais une orgie. De toute façon, il faut raccompagner Mike et Elizabeth. Allons-y, intima-t-il en lui saisissant le poignet.

Une fois dehors, Dex s'arrêta en bas des marches menant à la rue.

— Tu ne te sens pas bien ? Tu es toute pâle, pour un chat, dit-il avec un sourire moqueur.

Sans répondre, elle retira son capuchon.

Elle détestait ce costume. Passant la main dans ses boucles auburn, elle secoua la tête. Le soulagement lui fit recouvrer un peu de son énergie.

— Pourquoi es-tu passé chez moi ? Pourquoi nous as-tu accompagnés à cette soirée ? A quoi joues-tu exactement ?

— Que de questions ! La curiosité est un vilain défaut, railla-t-il.

— Je te déteste !

Elle monta les marches en courant et rejoignit Mike et Elizabeth sur le trottoir. Quelques secondes plus tard, Dex était à son côté. Il claqua des doigts et comme par magie, la limousine vint se ranger devant eux.

— Où allons-nous d'abord ? demanda Dex à Mike.

— Chez moi. Nous avons à discuter d'une foule de choses avec ma fiancée, plaisanta-t-il avant de donner son adresse.

— Ramène-moi d'abord, dit Beth d'un ton sec.

Dex la regarda, le visage impassible.

— Laissons le chauffeur décider.

Inutile de discuter, il n'en ferait qu'à sa tête... Mike et Elizabeth flottaient sur un petit nuage et ne se doutaient de rien. Malheureusement pour elle, l'appartement de Mike était plus proche du restaurant que le sien. Ils l'atteignirent en quelques minutes.

— Tenez, dit Elizabeth en tendant les clés de Beth à Dex. Prenez soin d'elle.

Puis le couple prit congé.

A son grand dam, Beth se retrouva seule à l'arrière de la voiture en compagnie de Dex. Et pour couronner le tout, c'était lui qui avait ses clés...

Un silence tendu s'installa entre eux, tandis que la voiture traversait la ville. Beth observa son compagnon à la dérobée. De toute évidence, il était en proie à une rage froide. Son visage crispé en attestait. Quant à elle, elle était au bord de la crise de nerfs. Si elle ne descendait pas de cette voiture au plus vite, elle allait se mettre à hurler.

La tension croissait de minute en minute et elle poussa un soupir de contentement lorsque la limousine s'arrêta devant son immeuble. Le chauffeur descendit pour ouvrir les portières. Dex descendit de voiture en même temps qu'elle.

C'était par politesse, se dit-elle pour se rassurer.

— Merci pour cette charmante soirée, déclara-t-elle avec raideur. Puis-je avoir ma clé ?

Elle tendit la main, pressée d'en terminer avec les civilités. Ignorant sa requête, il lui saisit le poignet et l'entraîna dans le hall, puis dans l'ascenseur.

— Il est inutile de m'accompagner jusqu'à ma porte, objecta-t-elle.

Cette attitude autoritaire était décidément exaspérante !

Il appuya sur le bouton de son étage et lui adressa un regard impénétrable.

— C'est moi qui décide de ce qui est utile ou non.

Pas toi. Plus maintenant, ajouta-t-il une fois sur le palier.

— Que veux-tu dire ?

Sans répondre, il ouvrit la porte, s'effaça pour la laisser passer, puis referma derrière eux. Son air sombre et distant glaçait le sang de Beth. Comment faire pour se débarrasser de lui ? L'ignorer était peut-être la meilleure solution.

Elle se dirigea vers sa chambre.

— Je vais me changer. Tu peux me laisser, à présent.

A sa grande surprise, il ne la suivit pas. Elle s'enferma dans sa chambre, regrettant l'absence de verrou. Soudain, elle entendit une porte claquer. Dex serait-il parti ? Aurait-il enfin compris ? Jugeant préférable de ne prendre aucun risque, elle prit un vieux survêtement dans son armoire et se précipita dans la salle de bains. Qui, elle, fermait à clé.

Elle tendit l'oreille. Aucun bruit. Elle retira son déguisement et enfila le survêtement. Quel confort ! Avec une petite grimace de douleur, elle décolla sa moustache.

Pas étonnant que Dex soit parti, songea-t-elle devant son reflet dans le miroir. Elle était tout échevelée et son expression consternante. Après s'être démaquillée, elle se brossa énergiquement les cheveux. Satisfaite du résultat, elle poussa un soupir d'aise. Elle se sentait de nouveau elle-même. Un bol de cacao et au lit... Et surtout, ne plus penser aux événements de la soirée.

En arrivant dans le salon, elle faillit pousser un hurlement de frayeur. Dex était accoudé à la cheminée, son regard brillait étrangement : elle eut la sensation très désagréable qu'il la déshabillait du regard.

— Je pensais que tu étais parti !

— Eh bien, non.

— Mais... j'ai entendu la porte, bafouilla-t-elle, abasourdie.

96

— C'était celle de la cuisine. Je me suis servi dans ton réfrigérateur. Tu veux un verre ?

C'est alors qu'elle vit sur la cheminée une bouteille de vin et deux verres.

— Mais... tu...

Elle se tut, l'esprit trop confus pour continuer.

Il avait desserré le nœud de sa cravate et ouvert les premiers boutons de sa chemise. Dieu merci, il n'avait pas enlevé sa veste !

— Assieds-toi, Beth. Bois un peu de vin, tu risques d'en avoir besoin, dit-il en lui tendant un verre.

Toujours sous le coup de la surprise, elle s'assit dans le fauteuil et prit le verre d'un geste machinal. Ses doigts effleurèrent ceux de Dex et elle frissonna.

— Pourquoi aurais-je besoin de boire ? marmonna-t-elle.

Elle avait subi choc après choc, ce soir, et son cerveau était légèrement engourdi.

— Parce que j'ai une proposition à te faire.

Elle but une gorgée de vin.

— Je t'écoute. De toute façon, je n'ai pas vraiment le choix, n'est-ce pas ?

La détermination qui se lisait dans ses yeux gris ne permettait aucun doute à ce sujet...

— D'ordinaire, je ne viens à Londres que deux fois par an, tout au plus. Depuis que j'ai acheté le casino — plus trois hôtels — je vais devoir y séjourner plus souvent. Etant un homme normalement constitué, j'ai besoin d'une femme ici. Je veux que ce soit toi.

Sidérée, elle crut avoir mal entendu.

— Mais... je ne veux pas t'épouser..., bafouilla-t-elle.

Un sourire sans chaleur étira les lèvres de Dex.

— Rassure-toi, je n'en ai pas l'intention non plus. D'ailleurs, si tu te souviens bien, je ne te l'ai jamais vraiment proposé. Je t'ai donné une bague. Une babiole. C'est tout.

97

Beth crut recevoir un coup de poignard. Au moins, il se décidait enfin à dire la vérité... Celle qu'elle avait déjà entendue, le jour où elle avait surpris sa conversation avec son ami, au casino. Mal à l'aise, elle observa ses traits tendus. Ils avaient quelque chose de sinistre.

— Je ne comprends pas. Que veux-tu dire ?

— C'est très simple. J'ai acheté un appartement à Londres et je veux que tu t'y installes. Tu peux continuer à vivre comme tu l'entends, garder ton travail, faire ce que bon te semble. Ma seule exigence, c'est que tu sois disponible pour moi, lors de mes séjours ici.

Sous le choc, Beth sentit le sang se retirer de son visage. Avait-elle bien entendu ? Dex, l'homme qu'elle avait aimé — qu'elle aimait encore ? — lui suggérait froidement de vivre avec lui à temps partiel ! Elle était trop horrifiée pour ressentir la moindre colère. Qu'il pût faire preuve d'un tel cynisme lui coupait le souffle. Il était prêt à l'acheter comme un vulgaire casino. Mais elle n'était pas à vendre !

Tout à coup, elle comprit. Le plan de Dex était très simple. Installer Beth dans son appartement pour l'éloigner définitivement de Paul Morris. De toute évidence, sa sœur avait du mal à faire rentrer Paul dans le rang...

— Pourquoi moi ?

Quelle histoire allait-il inventer ?

— Il se trouve qu'après avoir goûté une cerise, je brûle d'envie de savourer le reste de l'arbre, répliqua-t-il d'une voix suave.

Il n'était pas sérieux. Il voulait simplement tester sa réaction.

Il reprit d'un ton hautain :

— Alors, affaire conclue ?

C'était impensable. Tétanisée, Beth scruta son visage. Manifestement, il ne plaisantait pas !

— Non, dit-elle dans un souffle.

Ce refus s'adressait-il à Dex ou à elle-même ? Elle

n'en savait trop rien. L'espace d'une seconde, n'avait-elle pas été tentée ? Des images de leurs deux corps enlacés s'imposaient à son esprit, y semant le plus grand trouble. Mais brusquement, une colère noire la submergea et elle hurla :

— Non ! Non ! Pour rien au monde !

— Pourquoi lutter contre ton désir ? murmura-t-il en la saisissant doucement par le cou. Je sens ton pouls battre avec frénésie sous mes doigts. Tu as beau tenter de le nier, tu es irrésistiblement attirée par moi. Et c'est réciproque. Cet arrangement sera satisfaisant pour chacun de nous.

Alors qu'elle ouvrait la bouche pour protester, il l'embrassa. Partagée entre le plaisir et le dégoût, elle fut parcourue d'un long frisson.

— C'est plus fort que toi, insista-t-il en se détachant d'elle.

— Ah, oui ? Eh bien pour te prouver le contraire, je vais te prier de sortir d'ici et de ne plus jamais y remettre les pieds. Tu n'imaginais tout de même pas que j'allais accepter une proposition aussi immonde ?

Tournant les talons, elle se dirigea vers l'entrée.

— Attends, Beth. Je n'ai pas fini.

— Moi, si. D'ailleurs j'en avais déjà fini avec toi il y a deux semaines. Rien n'a changé depuis.

— Tu te trompes. Les situations peuvent toujours évoluer. Ton demi-frère, par exemple. Si j'ai bien compris, en deux semaines, il a obtenu une promotion, un salaire bien supérieur et il s'est fiancé.

Elle se figea. Pourquoi ce changement de sujet ? Soudain envahie par une peur diffuse, elle attendit la suite.

— Figure-toi que le contrat que j'ai conclu avec Brice Wine Merchants par l'intermédiaire de Mike — le contrat qui lui a valu sa promotion — peut très bien être annulé. Elizabeth est une fille charmante, mais comment réagirait-elle si le revenu de son fiancé était tout à coup réduit de moitié ? Sans compter que Mike pourrait même perdre son emploi.

— C'est une menace ?

— Pas du tout, voyons, répondit-il d'une voix mielleuse. C'est simplement un scénario possible, parmi d'autres... A toi de voir s'il te convient. Je serai à mon hôtel habituel jusqu'à 10 heures demain matin. Je te suggère de réfléchir à ma proposition et de m'appeler avant mon départ.

— C'est du chantage ! s'exclama-t-elle, incrédule.

— Dans le monde des affaires, on appelle ça un marché, rétorqua-t-il d'une voix dure. C'est à prendre ou à laisser.

Tirant un stylo de sa poche, il saisit la main de la jeune femme.

Elle tenta de la lui retirer ; il réussit à écrire sur sa paume.

— Le numéro de mon hôtel et de ma suite, précisa-t-il quand il eut terminé. Tu peux m'appeler à n'importe quel moment avant 10 heures demain matin. Je serai là.

— Espèce de... !

Incapable de trouver un terme suffisamment injurieux, elle esquissa le geste de le gifler. Dex retint son bras, et encerclant ses deux poignets d'une seule main, il la plaqua contre le mur, les traits déformés par la rage.

Lentement, il se rapprocha d'elle.

— Je t'ai déjà dit..., commença-t-il.

Mais il s'interrompit et, posant sa main libre sur un de ses seins, il se mit à frôler de son pouce le mamelon qui se dressait sous le tissu de son survêtement. Elle laissa échapper un gémissement.

— Quel gâchis ! Il serait tellement agréable de s'abandonner à la passion qui nous anime. Souviens-t'en au moment de prendre ta décision, murmura-t-il en dardant sur elle un regard brûlant.

Elle le regarda, figée. Pourquoi n'avait-elle pas la force de déverser sur lui toute sa fureur ?

— Va au diable ! gronda-t-elle entre ses dents.

Il la lâcha brusquement.

— N'oublie pas, avant 10 heures, Beth.

Puis il s'en alla.

8.

Beth ferma le verrou avec des gestes mécaniques, puis elle s'adossa à la porte, les jambes flageolantes.

Elle n'avait que ce qu'elle méritait. C'était la première fois qu'elle fêtait Halloween et elle se serait abstenue cette année encore, si elle avait su... Jamais elle n'avait vécu une soirée aussi horrible. La fête n'avait pas été du tout de son goût — même Mike ne l'avait pas appréciée. Surtout, elle avait revu Dexter Giordanni et cette rencontre l'avait anéantie.

Telle un zombie, elle gagna sa chambre, retira son survêtement et se glissa sous sa couette, en proie à mille tourments. Les moments qu'elle venait de vivre avaient été trop douloureux pour qu'elle ait le courage d'y repenser. Pourtant, il le fallait...

L'ironie mordante de la situation ne lui échappait pas. Dex voulait qu'elle devienne sa maîtresse à temps partiel... Et le plus épouvantable c'était qu'elle avait été tentée d'accepter. Même en ayant la preuve qu'il ne l'aimait pas, elle ne pouvait s'empêcher de le désirer de toutes les fibres de son être. Elle avait beau tenter de se convaincre que cette attirance était purement sexuelle, elle savait au fond d'elle-même que ce qu'elle ressentait pour lui allait bien au-delà.

De là à accepter son odieux marché !

En gémissant, elle enfouit son visage dans l'oreiller.

Non, jamais elle ne s'était sentie aussi déstabilisée. Son amour-propre l'avait-il donc complètement désertée?

Dire qu'en se préparant pour cette soirée, elle s'était presque crue guérie de lui! Danser dans ses bras était un tel plaisir... Sans parler de ses baisers, de ses caresses. Réprimant un long frisson, elle bondit hors du lit, honteuse de sa faiblesse.

De toute façon, elle était trop agitée pour dormir. Enfilant son peignoir, elle retourna dans le salon. Quand elle alluma, elle avisa les chiffres tracés à l'encre sur sa paume.

Pourquoi? Pourquoi Dex voulait-il l'obliger à devenir sa maîtresse? Cela n'avait aucun sens. Bien sûr, il cherchait à l'éloigner de Paul Morris. Toutefois un homme de son expérience devait savoir que rien n'obligerait Paul à rester avec sa sœur s'il n'en avait pas envie. Sous bien des aspects, les deux hommes avaient de nombreux points communs. Heureux en affaires, aussi séduisants que fortunés, ils étaient parfaitement capables d'échapper aux griffes d'une femme si telle était leur volonté.

Non. Quelque chose lui échappait. Mais quoi? L'amertume et la colère sous-jacentes qu'elle avait senties chez Dex tout à l'heure étaient dirigées contre elle. Peut-être se sentait-il tout simplement atteint dans son orgueil de mâle? C'était elle qui l'avait laissé tomber, deux semaines plus tôt. Mais qu'il s'abaisse à ce chantage odieux... Quelque chose sonnait faux dans cette histoire.

Enfin, si elle résistait à Dex, qu'allait devenir Mike? Elle avait beau adorer son demi-frère, elle n'était pas prête à se vendre à un homme pour lui. Soudain, elle eut une illumination. Elle pouvait en revanche révéler à Dex la véritable nature de ses relations avec Paul. Si elle l'avait fait deux semaines auparavant, elle ne se trouverait pas dans cette situation impossible, aujourd'hui. Comment n'y avait-elle pas songé plus tôt?

Lorsque Dex saurait que Paul Morris était son parrain,

104

il comprendrait qu'elle ne représentait aucun danger pour sa sœur. L'intérêt qu'il lui portait s'évanouirait aussitôt et il n'aurait plus aucune raison de nuire à Mike.

Délivrée d'un grand poids, Beth retourna se coucher. Elle disposait de quelques heures avant d'appeler Dex.

Dans le lointain, une sonnerie résonnait. Beth entrouvrit les yeux en s'étirant. Le bruit cessa et elle se pelotonna de nouveau sous sa couette. Elle était tellement fatiguée... Et on était samedi — pas de travail aujourd'hui, songea-t-elle avec satisfaction.

Une sonnerie ! Ouvrant tout grands les yeux, elle se redressa d'un bond. Les événements de la veille lui revinrent à la mémoire. Elle jeta un coup d'œil au réveil et poussa un gémissement. Elle avait laissé passer l'heure. Pas d'erreur possible, il était 11 heures !

Il fallait quand même essayer... Elle décrocha le téléphone et regarda dans sa paume. Le numéro commençait-il par un trois ou par un huit ? Durant son sommeil, les chiffres s'étaient brouillés.

Frénétiquement, elle fit un essai et tomba sur un concessionnaire Mercedes. A la seconde tentative, elle reprit espoir en entendant une voix féminine annoncer le nom de l'hôtel de Dex. Cet espoir fut de courte durée. La réceptionniste l'informa que M. Giordanni avait quitté l'établissement dix minutes plus tôt pour l'aéroport d'Heathrow.

Beth se rendit dans le salon en titubant et s'effondra dans le fauteuil. Le sort en était jeté... Il n'y avait plus rien à faire. Elle tenta de se rassurer en se disant que Dex ne pouvait rien contre Mike jusqu'à lundi.

Fallait-il appeler ce dernier pour le mettre au courant de la situation ? Non. Il était inutile de l'inquiéter prématurément. Joindre Dex ? Il ne lui avait jamais donné ni adresse ni numéro de téléphone personnels. Elle ne savait même pas où il était... Rome? New York? Bien sûr, elle pourrait se renseigner au Seymour Club. En avait-elle réellement envie?

Non. Avouer la vérité à Dex pour protéger Mike lui avait semblé une bonne idée la nuit dernière. La panique alors égarait son esprit. Or pourquoi s'inquiéter? Mike était apprécié dans son travail, et assez grand pour réussir tout seul. Beth était persuadée qu'en toutes circonstances sa fiancée le soutiendrait. Visiblement, ces deux-là s'aimaient d'un amour sincère. Ce que Dex avait prétendu ressentir pour elle n'en était qu'une pâle et grotesque copie!

Tous ces petits restaurants intimes dans lesquels il l'avait invitée... Sur le moment, elle les avait trouvés romantiques. Avec le recul, elle comprenait qu'il les avait choisis dans un souci de discrétion. Il ne tenait pas à ce que leur relation s'ébruite. Lui avait-il jamais proposé de l'accompagner à son hôtel?

Elle se leva et alla dans la cuisine pour se faire un café. Il n'était pas plus mal que cette histoire se terminât ainsi, songea-t-elle en buvant son bol à petites gorgées. Dex pouvait bien faire ce qu'il voulait, il n'avait plus aucun pouvoir sur elle. Certes, il lui avait brisé le cœur, mais il n'en saurait jamais rien. Elle était suffisamment jeune et solide pour s'en remettre. Cette triste histoire n'était connue de personne; la guérison n'en serait que plus facile.

Le week-end fut épouvantable, et la journée du lundi, interminable. A peine rentrée chez elle, elle téléphona à Mike. Après lui avoir posé quelques questions habiles sur son travail, elle fut un peu rassurée. Apparemment, tout allait bien. Malgré tout, le chantage de Dex la hantait. Jour après jour, elle ne pouvait s'empêcher de s'attendre au pire et vivait dans une anxiété permanente.

Jusqu'au moment où elle ouvrit son courrier, le vendredi soir. Confortablement installée dans son fauteuil, un

106

verre de vin à la main, elle relut la lettre de son parrain. Celui-ci l'invitait à passer le week-end suivant à Capri. Il avait déjà tout arrangé avec Cecil, le patron de Beth, et un billet d'avion accompagnait sa missive. Départ le vendredi suivant, retour le lundi. Tenue de soirée exigée. Paul se mariait avec « la femme aux noisettes d'agneau », selon ses propres termes.

Ainsi, c'était fini... Elle n'avait plus aucune raison de s'inquiéter.

Voilà pourquoi Dex n'avait pas mis sa menace à exécution. Sa sœur était parvenue à ses fins. Il n'avait plus aucune raison de prétendre s'intéresser à Beth. Et naturellement, il savait maintenant que Paul était son parrain.

Un long soupir lui échappa. Au lieu de se sentir soulagée, elle éprouvait une profonde tristesse. Elle envisagea de ne pas se rendre au mariage pour éviter de revoir Dex. Mais elle ne pouvait pas faire ça à Paul. Il serait tellement déçu... Peu à peu, tout en dégustant son vin, elle surmonta son abattement. Ce mariage serait une excellente occasion d'affronter Dex la tête haute.

Ne parvenant qu'à grand-peine à contenir son excitation, Beth monta à bord du ferry à destination de Capri. Le vol s'était déroulé sans incident et elle avait été accueillie à l'aéroport de Naples par un chauffeur de taxi chargé de la conduire jusqu'à l'embarcadère. Le temps était splendide. Le soleil brillait dans un ciel sans nuages et l'air de cet après-midi d'automne était doux et parfumé. C'était la première fois qu'elle venait en Italie et elle avait hâte de découvrir Capri.

Debout à l'avant du bateau, vêtue d'un jean, d'un pull vert et d'une veste ample, elle goûta la caresse de la brise dans ses boucles cuivrées. L'île au relief accidenté émergeait de l'océan gris-bleu, semblable à un diamant. Quand le bateau accosta dans le petit port, elle aperçut l'élégante silhouette de Paul sur la jetée et lui fit de grands signes.

Peu de temps après il la serrait dans ses bras, puis l'emmenait vers une Mercedes bleue. Il prit une route qui serpentait à flanc de coteau, dévoilant à chaque virage une vue magnifique sur la mer.

— Alors ça y est, tu te maries ? dit Beth.

— Oui. Et je n'ai jamais été aussi heureux de toute ma vie.

— Je suis tellement contente pour toi !

La voiture prit un virage en épingle à cheveux pour s'engager dans une voie étroite, en pente raide. Beth étouffa une exclamation. Le chemin semblait plonger directement dans la mer.

— Impressionnant, n'est-ce pas ? commenta Paul, tandis qu'ils franchissaient une immense grille en fer forgé sur une allée qui conduisait à une somptueuse villa blanche.

Une demi-heure plus tard, debout devant un lit à baldaquin — la gouvernante, qui avait défait ses bagages et rangé ses vêtements, venait de la quitter — Beth contemplait sa chambre. Elle était décorée avec raffinement : une symphonie de blanc et d'or, rehaussée d'une légère touche de bleu dans la mosaïque qui recouvrait le sol. Beth ouvrit une porte et eut le souffle coupé devant l'élégance de la salle de bains attenante. Le propriétaire de cette demeure savait vivre. Après s'être rapidement lavé le visage et les mains, elle enfila un polo blanc à la place de son pull. Il faisait tellement plus chaud ici qu'à Londres ! C'était miraculeux...

En redescendant le majestueux escalier de pierre, elle se prit presque pour Vivien Leigh dans *Autant en emporte le vent*. Le jean et le polo exceptés, bien sûr... Apercevant Paul qui l'attendait dans le hall, elle lui adressa un sourire éclatant.

— Cette villa est fantastique !

— Oui, elle n'est pas mal, acquiesça-t-il, avec son flegme coutumier. Que puis-je t'offrir, Beth ? Un verre ? Quelque chose à manger ?

— Pouvons-nous faire un tour dehors avant la nuit? J'aimerais voir les jardins.

— Pourquoi pas? Anna ne sera de retour que dans plusieurs heures. Nous avons le temps.

Lui prenant la main, il la conduisit vers une pelouse admirablement entretenue, de l'autre côté de l'allée.

Du milieu de la balustrade de pierre richement travaillée qui entourait la villa, partait un escalier en fer à cheval menant à une vaste terrasse en partie occupée par une piscine.

— Descendons, tu veux bien? s'écria-t-elle, ravie, en le tirant par la main.

— J'ai parfois du mal à me souvenir que tu es adulte, fit observer Paul en souriant. Ton père t'a légué son enthousiasme de gamin.

Lâchant sa main, elle lui caressa le visage et déposa un baiser sur sa joue.

A ce moment précis, une voiture pila devant la maison dans un crissement de pneus.

Tournant la tête, Beth écarquilla les yeux. La portière de la voiture s'ouvrit et Dex, le visage défiguré par la fureur, se précipita vers eux.

— Espèce d'ordure, Morris! hurla-t-il, décochant à Paul un coup de poing en pleine figure.

Sans avoir eu le temps de réagir, celui-ci tomba dans l'herbe sur le dos.

Clouée sur place, Beth resta muette de saisissement.

— Quant à toi..., commença Dex en se tournant vers elle, le regard meurtrier. Tu... tu...

Perdant momentanément la maîtrise de l'anglais, il déversa un flot de paroles en italien, tout en l'agrippant par le bras et en la tirant vers sa voiture. Le souffle court, il la poussa brutalement sur le siège du passager, se glissa derrière le volant et mit le contact.

Beth tenta sans succès d'ouvrir la portière. Jetant un regard désespéré par la vitre, elle aperçut Paul qui essayait tant bien que mal de s'asseoir. Le véhicule fit un tête-à-queue et elle fut projetée contre Dex, qui la repoussa d'un geste brusque.

Hébétée, elle se cogna contre la portière. Le temps qu'elle reprenne ses esprits, Dex avait déjà quitté la propriété et rejoint la route, sur laquelle il fonçait à une vitesse vertigineuse.

— Ralentis ! Tu vas nous tuer ! hurla-t-elle, terrorisée.

— Si c'est le seul moyen de te séparer de lui, pourquoi pas ? rétorqua-t-il, les dents serrées.

— Tu es complètement fou !

La voiture dérapa et Beth ferma les yeux.

— Arrête de crier. Tu n'imagines tout de même pas que je vais me tuer à cause d'une traînée de ton espèce.

Elle sentit tous ses muscles se raidir lorsqu'il quitta la route quelques instants plus tard pour prendre un chemin de terre. Il pila à quelques centimètres du bord de la falaise puis se tourna vers elle.

— Rien à dire ? Aucune de ces explications tirées par les cheveux dont les femmes ont le secret ?

— Laisse-moi sortir de cette voiture, murmura-t-elle.

— La portière est ouverte.

Saisissant la poignée, Beth ouvrit et tomba sur le sol. Haletante, elle s'éloigna du véhicule en rampant. Puis elle s'assit et se cacha la tête dans les genoux.

Secouée de tremblements, elle se mordit la lèvre pour retenir ses larmes. Dieu merci, elle était sortie de cette maudite voiture. Elle avait bien cru sa dernière heure arrivée...

La voix glaciale de Dex rompit le silence.

— Les larmes n'effaceront pas tes fautes, et en tout cas, elles n'auront aucun effet sur moi.

A contrecœur, elle releva la tête.

Il était debout devant elle, entièrement vêtu de noir, les jambes légèrement écartées et les poings crispés. L'ange exterminateur en personne...

— Je ne pleure pas, parvint-elle à répondre d'une voix chevrotante. Je suis simplement sous le choc. C'est la première fois que je me fais kidnapper par un dément.

Peu à peu elle recouvrait son sang-froid, et sentait la colère l'envahir.

— Tu me traites de dément? *Dio*, femme, comment oses-tu?

Elle se releva, prenant soin de laisser une bonne distance entre eux. L'attitude menaçante de Dex l'effrayait autant qu'elle l'irritait.

— Tu traverses la moitié de l'Europe à la poursuite d'un homme qui se marie demain — un homme qui ne t'aime pas et qui est assez vieux pour être ton père — et tu me traites de dément! hurla-t-il en s'avançant vers elle.

Beth recula. De toute évidence, Dex ne savait toujours pas quels liens l'unissaient à Paul!

— Paul Morris est mon parrain!

— A d'autres! Je connais bien les filles comme toi qui courent après les hommes mûrs au portefeuille bien garni.

Au comble de la fureur, Beth devint écarlate.

— Je me moque éperdument de ce que tu penses. Paul est mon parrain et il veille sur moi depuis le jour de ma naissance.

Un peu calmée, elle savoura la stupéfaction qui se peignit sur le visage de Dex.

— Si j'ai traversé la moitié de l'Europe, comme tu le dis si bien, c'est parce que Paul tient à ce que j'assiste à son mariage, poursuivit-elle d'un ton posé. Maintenant, peux-tu m'expliquer ce qui a pu te pousser à frapper un homme parfaitement innocent, si ce n'est un accès de démence?

Dex pivota sur lui-même, regagna la voiture et claqua violemment la portière du passager en débitant une série de jurons — c'est du moins ce qu'elle déduisit de son ton rageur — en italien.

— Si Morris est ton parrain, pourquoi ne me l'as-tu pas dit plus tôt?

Le grand Dexter Giordanni venait de commettre une erreur. Enfin le moment de vérité ! Que la revanche allait être douce...

— Tu ne me l'as jamais demandé, répondit-elle le plus calmement du monde. En fait, si j'ai bonne mémoire, nous l'avons croisé une fois dans ton casino, mais tu ne m'as posé aucune question à son sujet.

Essaie donc de t'en tirer la tête haute, pauvre minable ! pensa-t-elle en se délectant de la palette de sentiments contradictoires qui se reflétaient dans les yeux argent. Manifestement, Dex nageait en pleine confusion.

— Tu ne réponds rien ?

Baissant la tête, il contempla le sol pendant un long moment. Lorsqu'il leva enfin le visage vers elle, son regard était fuyant.

— Je ne t'ai rien demandé au sujet de Morris parce que j'étais malade de jalousie. Quand je t'ai vue l'embrasser tout à l'heure, j'ai perdu la raison. Je suis impardonnable de l'avoir frappé. Je sais que je suis trop possessif, mais tu me rends fou.

— Tu es surtout un sale menteur, répliqua-t-elle froidement. Et ce, depuis notre première rencontre. Aujourd'hui, tu peux remballer ton petit numéro.

Elle avait la nausée. Comment Dex pouvait-il avoir l'aplomb de continuer à lui mentir ?

Sans la quitter des yeux, il rétorqua d'un ton cassant :

— Ce n'est pas un numéro. Qu'est-ce qui te fait croire ça ?

Beth regarda le bord de la falaise, la mer indigo et l'horizon que le soleil couchant embrasait de tous ses feux. Paysage romantique par excellence... Quelle dérision. Dire qu'elle avait eu la sottise de faire confiance à cet homme insensible et arrogant...

— Je sais tout. Je sais pour quelle raison tu m'as joué la comédie des fiançailles. Tu voulais uniquement m'éloigner de Paul pour laisser le champ libre à ta sœur.

— Non... ! protesta-t-il avec véhémence en la saisissant par les épaules. Ce n'était pas du tout pour cela.

Ses doigts puissants s'enfonçaient dans sa chair. Elle s'en moquait. Il ne lui faisait plus peur, il ne la troublait plus. Elle avait simplement hâte d'en finir une fois pour toutes avec cette histoire lamentable.

— Inutile de nier, Dex. Je t'ai entendu le dire toi-même.

Il se raidit.

— Quand ?

— Le jour où je suis passée au Seymour quand tu es rentré de New York. J'ai attendu un moment dans le bureau de la secrétaire. L'Interphone fonctionnait. Et je t'ai entendu discuter de ton ex-femme — dont j'apprenais l'existence — et de ta soi-disant fiancée — moi.

Soudain livide, il lâcha ses épaules.

— Vous aviez l'air de bien vous amuser, avec ton ami. Bob, je crois, précisa-t-elle d'une voix suave.

Il étouffa un juron. De toute évidence, il se souvenait.

— Oui, tu as pris un verre avec lui. Tu avais largement le temps — la fille avec qui tu avais rendez-vous « t'attendrait toute la nuit sans broncher. » Tu as annoncé à ce Bob que tu étais fiancé, puis tu lui as expliqué pourquoi. La fille en question sortait avec l'homme dont ta sœur était éprise, et tu pensais que c'était un excellent moyen de mettre fin à cette aventure. C'est le destin qui t'en avait donné l'occasion à la petite fête chez Brice Wine Merchants. Dois-je continuer ?

— Je me souviens de cette conversation. Et je sais comment elle pouvait être interprétée, mais...

— Inutile de te fatiguer. Quand je pense que tu as même essayé de me faire chanter ! J'ai passé une semaine épouvantable, à trembler pour Mike. Jusqu'à ce que je reçoive l'invitation au mariage de Paul et de ta sœur. Ton problème étant résolu, je croyais que tu allais enfin me laisser tranquille.

— Personne ne m'a mis au courant de tes relations avec Morris. Si tu m'avais dit la vérité le soir où tu m'as laissé tomber, tout aurait été différent.

— Si je comprends bien, c'est moi la coupable, rétorqua-t-elle en dardant sur lui un regard glacial. Si tu m'avais laissée finir de parler lorsque nous avons rencontré Paul au club, au lieu de m'entraîner dans le couloir pour te jeter sur moi...

Elle s'interrompit, ne voulant pas réveiller des souvenirs encore douloureux. De toute façon, à quoi bon discuter avec Dex ?

— Tu es incroyable, reprit-elle en secouant la tête d'un air triste. Tu fais ce que tu veux, tu prends ce dont tu as envie et jamais tu ne t'interroges sur ce que peuvent ressentir les autres. Tu me dégoûtes.

Dex lui saisit le poignet et le lui tordit dans le dos en l'attirant contre lui.

— Vraiment ? Ce n'était pourtant pas du dégoût que tu ressentais lorsque nous avons fait l'amour. Et je peux le prouver.

Beth le regarda fixement, hypnotisée par son regard brûlant. Elle leva une main pour le repousser ; il la serra encore plus fort et inclina la tête vers elle.

— Non ! cria-t-elle en se débattant.

Il laissa échapper un petit rire.

— Pourquoi pas ?

Saisissant ses longs cheveux auburn de sa main libre, il les enroula autour de son poignet.

— Tu t'es moquée de moi, et tu vas le payer.

Frissonnant malgré elle, elle rejeta la tête en arrière, tandis que la bouche de Dex capturait la sienne avec impatience. Un éclair de désir foudroyant la transperça et elle ne put s'empêcher de lui rendre son baiser avec ardeur.

Pourquoi ne s'appartenait-elle plus dès qu'elle se retrouvait dans les bras de cet homme ? Il glissa une main au creux de ses reins et la plaqua contre lui. Sentant son désir viril pointer contre sa cuisse, Beth poussa un gémissement. Pourquoi ne trouvait-elle pas la force de lui résister ? Envahie par une chaleur intense, elle se laissa aller contre ce corps envoûtant.

Soudain elle se sentit partir en arrière. Dex venait de la repousser avec brutalité. La retenant tout de même par le bras pour lui éviter de tomber, il déclara sur un ton caustique :

— Rentrons. Je dois présenter mes excuses à ton parrain. Par ailleurs, puisque je te dégoûte tellement, je suppose que tu as hâte de mettre fin à ce tête-à-tête.

9

Dex ouvrit la portière et lui fit signe de monter.

Beth restait immobile, tétanisée. Comment avait-elle pu être assez idiote pour répondre à son baiser ? Un baiser de Judas qui n'avait pour but que de l'humilier une fois de plus...

Il prit sa réticence pour de la peur.

— Tu n'as rien à craindre. Je ne te ferai jamais de mal volontairement. Monte. Je te promets de ne pas conduire trop vite.

Le trajet de retour s'effectua dans un silence absolu. Quand ils arrivèrent à la villa, un coupé blanc était garé devant l'entrée.

— *Dio !* s'exclama Dex en inclinant la tête contre le volant.

Pressée de s'éloigner de lui, Beth descendit de voiture et se dirigea vers la maison.

Une femme surgit en haut des marches. Beth reconnut immédiatement la sœur de Dex. De toute évidence, elle était aussi furieuse que la première fois où elle l'avait vue, au restaurant. Elle passa devant Beth sans un regard en hurlant, en italien, ce qui ne semblait pas être des mots d'amour à son frère ; Dex resta muet.

Sentant une main se poser sur son épaule, Beth sursauta et se retourna. Paul la regardait d'un air anxieux.

— Tout va bien, Bethany ?

117

Les contours d'un magnifique œil au beurre noir commençaient à apparaître sur son beau visage.

— Dans l'excitation des dernières semaines, j'ai complètement oublié que je t'avais rencontrée au casino en compagnie de Dexter. C'est seulement tout à l'heure que je m'en suis souvenu. J'étais très inquiet pour toi. Qu'y a-t-il entre vous ?

— Rien du tout. J'ai fait sa connaissance par l'intermédiaire de Mike et il m'a proposé de me montrer son nouveau casino, c'est tout.

Impossible de dire la vérité à Paul.

— Tu n'as aucune raison de t'inquiéter, reprit-elle. Je...

— Qu'est-ce qui vous a pris, Giordanni ? coupa brusquement son parrain. Me flanquer un coup de poing, passe encore — après tout, peut-être l'ai-je mérité — mais traiter ma filleule de la sorte !

Pivotant sur elle-même, Beth vit Dex qui se tenait derrière elle, les traits crispés. Il avait probablement entendu sa conversation avec Paul. C'était ce dernier qu'il fixait d'un air sinistre. Anna vint prendre le bras de son fiancé en lançant un regard penaud à Beth.

— J'ai agi ainsi en pensant défendre l'honneur de ma sœur, expliqua Dex d'un ton cassant. Je reconnais mon erreur. Je vous présente mes excuses. Je n'aurais jamais dû vous frapper. J'espère qu'avec le temps vous finirez par oublier ce comportement navrant. Je me suis déjà excusé auprès de ma sœur et de Bethany, bien sûr.

Beth lui jeta un regard en coin. Si sa sincérité était indubitable, elle ne se souvenait pas qu'il lui eût présenté ses excuses. Elle était sur le point d'en faire la remarque lorsque Anna demanda à Paul de faire les présentations.

Les deux femmes se firent la bise, puis tout le monde entra dans la villa.

Dans le salon, impressionnée par la beauté du lieu, Beth déclara d'une voix timide :

— C'est une demeure splendide.

Elle promena un regard extasié sur l'immense pièce aux murs blancs, dont un côté était entièrement occupé par une baie vitrée ouvrant sur la mer.

— Tu l'as louée ? demanda-t-elle à Paul.

— Mon Dieu, non ! répondit ce dernier en pouffant. Elle appartient à Dex. Selon Anna, il y vient rarement. Quant à elle, elle vit et travaille à Naples. C'est là que nous nous sommes rencontrés. Elle a choisi cet endroit pour le mariage ; il y a suffisamment de place pour loger les proches. De toute façon, nous n'avons pas invité beaucoup de monde. Etant donné mon âge et les circonstances, un mariage en grande pompe serait un peu déplacé.

Dex lui avait décidément révélé bien peu de chose sur sa vie. Jamais il ne lui avait dit qu'il possédait une propriété à Capri. Cela confirmait ce qu'elle savait déjà : elle ne représentait rien pour lui. Malgré tout l'amour qu'elle portait à son parrain, si elle avait su que c'était chez l'homme d'affaires italien qu'il l'avait invitée, elle ne serait pas venue. En aucun cas elle ne voulait être redevable à Dex de quoi que ce fût.

Tout au long du dîner, l'atmosphère fut pour le moins tendue... Beth n'avait qu'une envie : se réfugier dans sa chambre. La perspective de passer deux jours sous le même toit que Dex la plongeait dans un profond désarroi. Que n'aurait-elle pas donné pour être loin de cet homme, et l'oublier !

Par ailleurs, il était inutile de comprendre l'italien pour se rendre compte qu'Anna n'avait pas pardonné à son frère d'avoir frappé son fiancé.

Au début du repas, Paul expliqua comment se déroulerait la cérémonie du lendemain ; ensuite, la conversation languit.

A son grand dam, Beth ne pouvait s'empêcher d'observer Dex à la dérobée. Vêtu d'un costume noir et d'une chemise blanche qui soulignaient sa carrure athlétique, il présidait à la grande table, le visage sombre. Quel charme il avait, malgré sa mine sévère ! Cependant, les rares fois où elle croisa son regard, celui-ci était d'une hostilité qui lui glaça le sang.

Elle accueillit la fin du repas avec un immense soulagement. Au salon, où fut servi le café, Anna prit place à côté d'elle sur le canapé.

— Notre première rencontre a été un peu... difficile, dit-elle dans un anglais hésitant. Je suis désolée. Mais Paul — nous étions fâchés et... quand je vous ai vue au restaurant avec lui, je ne savais pas que...

— ... c'était mon parrain, termina Beth. Ce n'est pas grave. Nous en avons bien ri par la suite et je suis ravie pour vous deux.

— Merci. J'aimerais tellement que nous devenions amies. Je veux aussi... m'excuser pour la conduite de mon frère. Il pensait... défendre mon honneur. Il a vu Paul vous embrasser et il est devenu *pazzo*.

— Beth ne comprend pas l'italien et, de plus, elle semble fatiguée, intervint Dex en s'approchant, le regard fixé sur sa sœur. Il prononça quelques paroles en italien avant de se tourner vers Beth.

— Viens, je vais te montrer ta chambre.

— Je suis capable de retrouver mon chemin toute seule, répliqua-t-elle d'un ton neutre en se levant.

Ne pouvait-il donc pas la laisser tranquille ?

— Après mon comportement scandaleux de tout à l'heure, permets-moi de me racheter en me conduisant comme un hôte modèle, insista-t-il d'une voix suave.

Impossible de refuser. Sa proposition semblait si naturelle. Etait-elle la seule à distinguer le sarcasme dans sa voix ? Elle jeta un coup d'œil à Paul ; il venait de rejoindre Anna sur le canapé. A moins de faire une scène devant les futurs mariés, elle n'avait d'autre choix que d'obtempérer. Résignée, elle prit congé du couple et sortit de la pièce, suivie de Dex.

Une fois dans le hall, elle se précipita dans l'escalier. En deux enjambées, Dex l'avait rejointe.

— Tu peux laisser tomber la comédie de l'hôte parfait, lâcha-t-elle avec raideur en continuant à monter les marches, troublée par la proximité de son corps puissant. Je connais le chemin, merci beaucoup.

Si seulement son cœur pouvait arrêter de cogner si fort dans sa poitrine ! se dit-elle, irritée contre elle-même.

La main de Dex se posa fermement sur son épaule comme elle atteignait le palier.

— Pas si vite, s'il te plaît. Il faut que nous parlions.

Vêtue de sa combinaison de satin noir et or, Beth frissonna au contact des doigts de Dex sur sa peau nue. Elle se dégagea et leva vers lui un regard froid. Pas question de le laisser deviner à quel point sa présence la perturbait.

— Je n'en vois pas l'utilité, répondit-elle en tournant les talons.

Sans attendre qu'elle l'y invite, Dex la suivit dans sa chambre et referma derrière lui.

— Je veux seulement te parler, précisa-t-il. Pas te sauter dessus.

— Très bien, dit-elle dans un souffle.

Puis elle se dirigea lentement vers la fenêtre. Il fallait avant tout mettre le plus de distance possible entre eux !

— Cette chambre te convient-elle ?

Surprise par cette question, elle promena son regard autour d'elle. Ses yeux s'attardèrent sur les élégantes tentures du lit à baldaquin.

— Bien sûr. Elle représente une nette amélioration par rapport à la mienne, lâcha-t-elle d'un ton qu'elle espérait désinvolte.

Suivant la direction de son regard, Dex répliqua :

— Je ne suis pas d'accord. Je garde un très bon souvenir de ton lit.

L'image trop familière de leurs corps entremêlés de nouveau envahit l'esprit de Beth. Elle posa sur le visage de Dex un regard circonspect. Elle n'avait aucune confiance en lui ; elle n'était pas très sûre d'elle ; la situation était trop ambiguë. De ses mains moites, elle lissa nerveusement sa robe sur ses hanches.

Dex eut un sourire désabusé qui n'avait rien de chaleureux.

— Inutile de paniquer. Je t'ai dit que je voulais seulement discuter et j'étais sincère, déclara-t-il en faisant quelques pas vers elle.

Curieusement, il paraissait nerveux lui aussi.

— Je t'écoute, murmura-t-elle.

— Je te dois des excuses. Tu avais raison. J'ai décidé de te séduire parce que je pensais que tu avais une liaison avec Paul Morris. Je l'ai fait pour ma sœur.

Dexter Giordanni venait de lui présenter ses excuses ! Elle était plus triste que satisfaite. Connaître la vérité et l'entendre de la bouche même de Dex étaient deux choses bien différentes.

— Tu es vraiment méprisable, dit-elle simplement.

— Laisse-moi finir.

Dex passa une main fébrile dans ses cheveux avant de reprendre.

— Tu peux penser ce que tu veux, Beth. Je n'ai pas l'intention de polémiquer avec toi. Je n'essaie pas d'excuser ma conduite. Elle est impardonnable. Je voudrais juste essayer de te l'expliquer. Comme je te l'ai déjà dit, je suis « né de la cuisse gauche ». Anna est ma sœur aînée. Je suis né dix-huit mois après la mort de son père. Ici, en Italie du Sud, une naissance illégitime est déjà une faute très grave pour une jeune fille célibataire. Pour une femme qui vient à peine de perdre son mari, c'est un crime irrémissible. Encore aujourd'hui, de très nombreuses femmes portent le deuil de leur mari jusqu'à leur mort.

Beth sentit son cœur se serrer.

— Tu n'es pas obligé...

122

— Si, j'y tiens, coupa Dex. Nous habitions une petite maison près du port. A Capri, tout le monde était au courant des circonstances de ma naissance. Ma mère a vécu rejetée par toute l'île pendant des années, jusqu'à ce que je gagne assez d'argent pour l'emmener à Naples.

Il avait le regard dans le vague, comme perdu dans ses souvenirs.

— Lorsqu'elle est morte il y a deux ans, c'était une femme amère qui n'avait jamais obtenu le pardon de ses amies de jeunesse, reprit-il.

— Pourquoi me racontes-tu tout ça? demanda Beth, attendrie par une boucle qui lui tombait sur le front.

Comme il était facile de l'imaginer en petit garçon vulnérable sous ses allures rebelles!

Dex se rapprocha d'elle, une lueur étrange dans les yeux.

— Je te confie ce secret de famille parce que je veux que tu comprennes pourquoi je me suis si mal comporté avec toi. Paul n'a pas été surpris que je le frappe. C'est un vrai gentleman. Il comprend notre code d'honneur. Bien qu'elle ne soit pas encore mariée, Anna est enceinte. En tant que frère, je suis en droit de corriger le coupable, conclut-il d'une voix altérée.

— Enceinte! C'est une nouvelle extraordinaire! s'écria Beth avec un sourire resplendissant. Paul fera un excellent père, je le sais.

— Aujourd'hui tout va bien, mais il y a trois mois, Paul et Anna se sont séparés. Je n'ai pas l'habitude de me mêler de la vie de ma sœur. Cette fois, je n'ai pas pu faire autrement. Lors d'un séjour à Londres, Anna a décidé de téléphoner à Paul. Il était sorti; sa gouvernante lui a donné le nom du restaurant où il dînait. Elle a insisté pour m'y emmener. Au restaurant, je t'ai tout de suite repérée. Une splendide jeune fille béate d'admiration, devant un homme plus âgé qu'elle, attire forcément l'attention. Généralement, cette admiration est proportionnelle à la richesse du monsieur... Quand je t'ai revue chez Brice Wine Merchants, je me suis dit : « Pourquoi pas moi, au lieu de Paul Morris ? » Je sais à quel point il est douloureux de naître bâtard, et j'étais prêt à tout pour éviter que l'enfant d'Anna vive le même enfer que moi. Comme tu es très séduisante, ce ne fut pas trop pénible.

« Pas trop pénible » !

Beth se figea.

— Espèce de mufle ! Tu... tu me dégoûtes, s'indigna-t-elle.

Dire qu'elle avait failli s'attendrir sur ses malheurs, l'imaginant petit garçon, accablé par les quolibets de ses camarades ! Alors qu'il était à peu près aussi vulnérable qu'un crotale, et deux fois plus dangereux...

Le visage grave, il tendit la main et lui caressa la joue.

— C'est de cela dont je voulais te parler, Beth. De ton aversion si manifeste pour moi. Nous sommes d'accord pour ne révéler à personne notre brève aventure. Mais si tu continues à me foudroyer du regard en permanence et à tressaillir chaque fois que je m'approche de toi, Paul et Anna vont finir par se douter de quelque chose. Nous devons observer une trêve pendant les deux prochains jours.

— Je rêve plutôt de mettre un continent entre nous, rétorqua-t-elle sèchement. Soit. Je consens à déposer les armes jusqu'à mon départ. Je ne veux pas perturber le mariage de Paul et d'Anna plus qu'il ne l'a déjà été.

— Tu es sincère, Beth ? Nous sommes amis durant ton séjour ici ?

— Oui.

Elle allait vivre un cauchemar... Fallait-il qu'elle aime son parrain pour consentir à cet effort !

— Serrons-nous la main, murmura-t-il en lui saisissant le poignet.

Leurs regards se croisèrent.

— Ou plutôt, embrassons-nous.

Sous son regard brûlant, Beth sentit son cœur s'affoler. Son bon sens prévalut :

— N'en profite pas ! Vas-t'en.

Il déposa un baiser furtif au creux de son poignet.

— Eh bien ! Ça promet pour demain. Paul me supporte à peine, Anna m'a déjà reproché cent fois d'avoir gâché son mariage... Sur les photos qu'ils garderont pour leurs enfants et leurs petits-enfants, le marié par ma faute aura un œil au beurre noir.

— Si seulement ça pouvait t'apprendre à ne pas manipuler tous les gens que tu rencontres, commenta Beth d'un ton acide.

Le visage de Dex s'assombrit.

— Je suis conscient d'être parfois manipulateur. Laisse-moi te rappeler qu'avec toi, ça n'a pas marché. Tu ne m'as jamais téléphoné comme je te l'avais demandé.

Beth le regarda, perplexe. De quoi parlait-il ? Elle saisit soudain.

— Ah oui ! Ton ignoble chantage ? Désolée, je me suis réveillée trop tard, avoua-t-elle sans réfléchir.

Dex laissa échapper un petit rire amer.

— Voilà qui est révélateur ! Peu importe, Beth. Demain nous ferons semblant d'être amis. Bonne nuit.

Puis il sortit en fermant doucement la porte derrière lui.

Beth était épuisée. Une bonne douche et dormir, c'était tout ce qu'elle souhaitait. Dix minutes plus tard, vêtue d'une chemise de nuit courte, elle grimpa dans le lit à baldaquin. Après avoir tiré les tentures, elle se blottit sous les couvertures, coupée du monde.

Mais des pensées lancinantes la taraudaient. Comment allait-elle arriver au bout de la journée du lendemain ? Sans parler du surlendemain ! Ce week-end s'annonçait interminable. Prétendre que Dex et elle étaient de simples connaissances dépassait de loin ses talents d'actrice... Son parrain était un homme fin et il la connaissait mieux que personne.

Le jour de son mariage, il aura bien d'autres soucis en tête, se rassura-t-elle. Sa femme, la cérémonie, son œil tuméfié...

Sur l'image peu réjouissante du pauvre Paul étalé par terre et du visage de Dex déformé par la rage, elle sombra dans un sommeil agité.

La petite église, ornée de fleurs et de rubans, était une véritable invitation au romantisme. Les yeux brouillés de larmes, Beth soupira. Anna, éblouissante dans une robe de soie crème parée de dentelle et coiffée d'un chapeau à voilette, répondit oui d'une voix forte et distincte, tout comme Paul.

Une main agitant un mouchoir apparut devant les yeux de Beth. Elle tourna la tête vers Dex.

Dans son costume trois-pièces gris et sa chemise de soie blanche, il était magnifique. Elle s'empressa de détourner le regard et d'essuyer ses larmes.

— Tu es une petite chose sensible, n'est-ce pas? murmura-t-il en regardant droit devant lui.

— Ça vaut mieux que d'être un monstre sans cœur, répondit-elle d'une voix presque inaudible.

Elle plia minutieusement le mouchoir et le lui rendit sans autre commentaire.

Il lui prit la main.

— C'est le moment de quitter l'église.

Elle réprima un soupir. Paul l'avait informée que Dex lui servirait de cavalier pendant le mariage et continuerait à s'occuper d'elle jusqu'à la fin du week-end. Il lui avait été mpossible de refuser sans éveiller la curiosité de son parrain. Elle avait donc suivi toute la cérémonie avec Dex à son côté, au premier rang.

La tenant toujours par la main, il l'escorta jusqu'à la sortie. Dès qu'ils furent dehors, elle tenta de s'esquiver et de se fondre dans la foule. Si en Italie on considérait le mariage auquel elle venait d'assister comme une cérémonie intime, alors combien de personnes invitait-on à un mariage en grande pompe ? Il lui semblait que tous les habitants de l'île étaient présents. Quant à l'animation qui régnait à la villa...

Lorsqu'elle s'était réveillée, la maison grouillait de monde. Des hommes en livrée blanche s'agitaient dans tous les sens, transportant des plateaux chargés de vaisselle et de victuailles. Après s'être servi une tasse de café dans la cuisine, elle était sortie pour explorer les jardins en terrasse et avait découvert qu'ils menaient à la mer. Dans un mouillage privé était amarré un superbe yacht, à bord duquel se trouvaient plusieurs dizaines de personnes élégamment vêtues. Ne voulant pas révéler sa présence, elle s'était cachée derrière un buisson et avait observé Dex, déjà habillé pour la cérémonie, qui saluait les invités. Elle avait alors regagné la maison en toute hâte et elle se préparait lorsque Paul était entré dans sa chambre. Il lui avait expliqué que ce bateau avait amené les invités qu'un grand hôtel de Sorrento avait abrités pour la nuit.

— Bonjour, belle dame en rouge !

Perdue dans ses pensées, un peu à l'écart de la foule, Beth sursauta. Un homme d'une quarantaine d'années à la chevelure rousse, le visage criblé de taches de rousseur, lui souriait. Elle avait immédiatement reconnu sa voix, dont elle gardait un souvenir cuisant.

— Je m'appelle Bob et, comme vous pouvez le constater, le rouge est ma couleur. Par pitié, abrégez mon supplice et dites-moi votre nom.

Ses yeux bleus brillaient de malice et d'admiration.

Beth ne put s'empêcher de lui rendre son sourire. Il avait un air poupin qui attirait la sympathie.

— Bethany, dit-elle en tendant la main.

— Pas de bague, murmura-t-il en portant ses doigts à ses lèvres. De mieux en mieux. J'ai raté la cérémonie, mais quelque chose me dit que je vais apprécier la réception.

Beth pouffa. Il flirtait sans vergogne.

— Bob. Où diable étais-tu passé?

La voix dure de Dex interrompit l'innocent badinage.

Bob lâcha aussitôt la main de la jeune femme et regarda tour à tour Dex et Beth d'un air perplexe.

— Le vol de New York a été retardé. Je suis désolé d'avoir manqué le mariage.

— Je te verrai plus tard, grommela Dex avant de tourner son regard glacial vers Beth. Paul veut que tu sois sur la photo de famille.

Puis, l'agrippant par le bras, il l'entraîna vers les mariés.

— Doucement! Tu n'as pas besoin de me bousculer, protesta-t-elle.

Il inclina la tête vers elle.

— Je préfère t'avertir, gronda-t-il les dents serrées. Inutile d'essayer de vamper Bob. Il est bien trop intelligent pour se laisser prendre à ton petit jeu.

Beth serra les dents, préférant ignorer l'insulte.

— Nous avons décidé de faire une trêve, tu te souviens?

— Très bien. Je me souviens aussi de la première fois où je t'ai vue dans cette tenue.

Ses yeux gris la détaillèrent des pieds à la tête et elle sentit ses joues s'empourprer.

— Tu l'as mise aujourd'hui dans l'intention de me provoquer. Je ne suis pas complètement stupide, Beth, alors cesse de te comporter comme si c'était le cas.

— Dexter, *caro*.

La demoiselle d'honneur, une grande femme brune coiffée d'un chapeau à large bord, amie d'Anna, évita à Beth de répondre; Dex la lâcha pour rejoindre la jeune femme.

Prenant une profonde inspiration, Beth lissa la jupe de son ensemble rouge. Certes, elle s'était juré de ne plus jamais le porter après cette première et dernière nuit avec

Dex. Mais elle n'avait aucune tenue convenable pour ce mariage et plus d'argent pour s'en offrir une neuve — le mois précédent, elle s'était justement ruinée pour cet ensemble. Profondément blessée par la remarque de Dex, elle sentit les larmes lui monter aux yeux. Ce n'était pas le moment de s'apitoyer sur elle-même, se morigénat-elle.

A ce moment précis, Paul la prit par le bras et l'attira vers lui.

— Allez, Beth, j'ai besoin de toi pour atténuer l'effet déplorable produit par mon œil au beurre noir.

Plaquant un sourire sur son visage écarlate, Beth félicita les jeunes mariés avant de prendre place pour la photo.

Une fois cette corvée accomplie, elle tenta de s'esquiver. Dex l'en empêcha.

— Tu montes en voiture avec moi, dit-il, la prenant par le coude.

A la villa, Paul et Anna accueillirent tous les invités dans le grand hall, puis un majordome les conduisit dans la somptueuse salle à manger. Beth était placée à la table principale, à côté de Dex. Le repas — un festival de produits et de plats italiens typiques — lui parut interminable. Si la nourriture était excellente, elle y toucha à peine. Le champagne coulait à flots, les conversations — dont Beth ne comprenait pas un mot — étaient animées, et Dex jouait son rôle à la perfection. D'une politesse exemplaire, il lui traduisait régulièrement les propos de ses voisins ; cependant ses yeux gris restaient froids lorsqu'il s'adressait à elle.

Lorsque enfin le témoin se leva pour prononcer un discours, Beth poussa un soupir de soulagement. La fin du repas était proche.

— Fais un effort pour cacher ton ennui, lui murmura Dex à l'oreille avec un sourire moqueur. Les mariages ne seraient-ils pas ta tasse de thé ?

— Non. Après tous ceux de ma mère, j'avoue que je suis un peu saturée.

— Je suis desolé.

— Inutile.

Elle n'avait pas besoin de sa pitié. Elle ne voulait rien de lui !

— Je suppose qu'aujourd'hui, reprit-elle d'une voix suave, tu ne peux te garder de penser avec nostalgie à ton propre mariage, n'est-ce pas ?

Pour mettre fin à la conversation, elle aurait difficilement pu trouver mieux, se réjouit-elle.

Sans répondre, Dex prit son verre de vin et le vida d'un trait. Puis il lui tourna le dos et ne lui adressa plus la parole.

Vers 22 heures, Beth en avait plus qu'assez. Il y avait du monde partout. Un orchestre jouait de la musique et le grand hall s'était transformé en piste de danse. Danser avec une douzaine de cavaliers différents et boire quelques coupes de champagne l'avait éreintée. Une foule joyeuse se pressait autour d'elle et pourtant, sa solitude n'aurait pu être plus complète... Les mariés étaient partis depuis plusieurs heures pour une destination inconnue. Paul était heureux et elle avait le cœur serré. Avec lui les choses ne seraient jamais plus comme avant ; il avait une famille, désormais.

Elle s'apprêtait à regagner discrètement sa chambre, lorsqu'une voix murmura à son oreille :

— C'est notre air. Vous voulez bien danser ?

— Bob !

En effet, l'orchestre jouait *La femme en rouge* ; elle ne put retenir un sourire.

— Très drôle. Mais non merci. J'ai trop chaud.

Elle n'osait pas enlever sa veste : son caraco, qui par ailleurs lui cachait à peine le nombril, était fort transparent.

— Tant pis. De toute façon, je ne suis pas un très bon danseur. Si nous allions faire un tour dehors ?

— Pourquoi pas ?

Bras dessus bras dessous, ils marchèrent jusqu'à la piscine ; l'eau éclairée parait la nuit de ses reflets turquoise.

— Enfin, un peu d'air frais !

Elle respira profondément.

— Venez vous asseoir par ici et détendez-vous, Beth.

Bob lui indiquait une petite table de jardin entourée de
chaises. Il en tira une pour elle.

— Merci beaucoup. Je me sens mieux.

— Cette réception est très réussie, dit-il, s'asseyant en
face d'elle. Mais Dex ne semble pas beaucoup s'amuser.

— Ah bon ? lança Beth d'un ton qui se voulait indif-
férent.

— Je sais qui vous êtes, Beth. Je sais que vous avez
été fiancés, tous les deux, reprit Bob.

Elle sentit ses joues s'empourprer.

— C'était une erreur.

— Je ne pense pas. J'ai bien observé la façon dont il
vous regarde. Il ne vous a pratiquement pas quitté des
yeux de toute la soirée. Je le connais depuis des années,
et je vous assure que je ne l'ai jamais vu dans un tel état.

— Je n'ai pas envie de parler de lui, déclara-t-elle
sèchement.

— Essayez de le comprendre. Son ex-femme lui en a
fait voir de toutes les couleurs. Il venait de se lancer dans
les affaires lorsqu'il l'a épousée. Pendant des années il a
travaillé comme un esclave en la laissant dilapider ce
qu'il gagnait. Et puis un jour elle l'a quitté pour un
homme plus riche que lui et beaucoup plus vieux.

— Je vous assure que cela ne m'intéresse pas, dit-elle
d'un ton déjà moins convaincu.

— Dex est un ami en même temps que mon patron,
poursuivit Bob avec une belle détermination. En fait, je
suis probablement son seul ami. Il ne se livre pas facilement. Si vous éprouvez le moindre sentiment pour lui, il
vous faut tenter de percer sa cuirasse. Je ne sais pas ce qui

131

s'est passé entre vous. Depuis plusieurs semaines, il est d'une humeur massacrante.

— Cela n'a rien à voir avec moi, marmonna Beth en se levant. Je vais rentrer.

Se levant à son tour, Bob la prit par le coude.

— Je n'ai pas l'habitude de me mêler de ce qui ne me regarde pas et si je vous ai offensée, je m'en excuse.

Ils regagnèrent la villa. La foule s'était clairsemée et Dex les vit aussitôt arriver. Il se dirigea vers eux à grandes enjambées, le regard fixé sur Beth.

— Où étais-tu passée ?

Puis, sans lui laisser le temps de répondre, les traits altérés par la colère, il ajouta :

— Non contente de flirter avec tous les hommes qui t'ont invitée à danser, il a fallu que tu en laisses un t'entraîner dehors !

— Je n'ai flirté avec personne ! s'écria-t-elle, suffoquée. Je suis sortie parce que j'avais trop chaud.

Il ne lui avait pas adressé la parole de toute la soirée, ne l'avait pas invitée une seule fois à danser et il avait l'aplomb de lui faire une scène !

— Trop chaud, répéta-t-il avec un sourire méprisant. Ça, je veux bien le croire.

— Allons Dex, intervint Bob. Elle était parfaitement en sécurité avec moi.

— Je l'espère pour toi, rétorqua Dex d'un ton rogue.

Puis, comme des regards curieux se tournait vers eux, il se redressa et, mondain :

— Le bateau part dans cinq minutes, Bob. Ne le manque pas.

Se tournant vers Beth, il ajouta froidement :

— En tant que représentante de Paul, tu es priée de rester à mon côté jusqu'au départ du dernier invité.

Quelle arrogance ! Les rares fois où il lui avait adressé la parole depuis le matin, c'était pour lui dire ce qu'elle devait faire. « Monte dans la voiture ! » « Viens poser

132

pour la photo ! » Il ne l'avait même pas invitée une seule fois à danser, se dit-elle de nouveau — se maudissant aussitôt pour ce regret stérile.

— Je ne suis plus une enfant, et je n'ai d'ordres à recevoir de personne.

— Tu vas faire ce que je t'ai demandé ! riposta-t-il d'un ton cinglant.

— Pas question ! Je préfère partir maintenant par le bateau. Je vais faire ma valise. J'en ai pour une minute.

Elle sentit une poigne d'acier se refermer brutalement sur son bras.

— Tu ne vas nulle part. Paul t'a confiée à moi et tu partiras demain, comme prévu. Je t'accompagnerai personnellement sur le continent. Compris ?

C'était très clair. Il ne la retenait que parce qu'il avait promis à Paul de veiller sur elle jusqu'à son départ. Encore son fameux code d'honneur ! Que pouvait-elle faire, sinon s'incliner ?

— Très bien. Lâche-moi, je te prie.

Puis, plaquant un sourire sur ses lèvres, elle se plaça à côté de lui pour accueillir le flot de remerciements et de poignées de mains des invités qui prenaient congé.

— Enfin ! lâcha-t-elle dans un souffle, lorsque tout le monde fut parti.

Jetant un regard autour d'elle, elle se demanda l'espace d'un instant si elle devait aider à ranger. Les serveurs s'en chargeaient avec une efficacité remarquable. On n'avait plus besoin d'elle, et son lit l'attendait.

— Que dirais-tu de prendre un dernier verre ? s'enquit Dex, la retenant par le bras alors qu'elle se dirigeait vers l'escalier.

Elle lui jeta un coup d'œil par-dessus son épaule. Il avait desserré sa cravate et défait les premiers boutons de sa chemise. Seigneur, il était d'une beauté satanique ! pensa-t-elle, le cœur battant.

— Non, merci. J'ai assez bu.

Elle pria intérieurement pour qu'il n'insiste pas. Une fois les serveurs partis, elle se retrouverait pratiquement seule dans cette villa avec lui — et cette perspective la perturbait bien plus qu'elle ne l'avait craint.

10.

— Comme tu veux, répondit Dex. Je t'accompagne jusqu'à ta chambre.

— Pas question ! s'écria-t-elle, posant une main sur son torse pour le repousser. Va boire ton verre et laisse-moi.

Sous sa main, les battements frénétiques du cœur de Dex faisaient écho aux coups précipités du sien.

— Ce n'est pas d'un verre dont j'ai envie, mais de t'enlever une deuxième fois cet ensemble si sexy.

La voix rauque de Dex électrisa les nerfs de Beth. Ses doigts tremblaient contre le torse puissant ; elle sentait les pointes hérissées de ses seins tendre la soie de son caraco. Fascinée par l'éclat argenté des yeux gris, elle resta coite un long moment. La tentation était grande de passer une seconde nuit avec lui — de s'abandonner dans les bras de l'homme qu'elle aimait encore, envers et contre tout...

Un fracas de vaisselle brisée — un plateau de verres échappant des mains d'un serveur — lui fit reprendre ses esprits. Elle monta l'escalier au pas de course, ne s'arrêtant qu'après avoir fermé à clé derrière elle la porte de sa chambre.

Elle devait une fière chandelle à cet employé maladroit ! Une seconde de plus et elle se serait jetée dans les bras de Dex... Elle se déshabilla, prit une douche et enfila sa chemise de nuit. Rompue de fatigue, elle était toutefois

135

trop agitée pour dormir. La frustration rongeait son âme. Pleine de mépris pour elle-même, elle entreprit de faire sa valise.

Cette tâche achevée, elle se mit au lit. Le sommeil la fuyait toujours. Elle revivait encore et encore les événements des deux derniers jours.

Dex avait vraiment bien amoché Paul. Une telle violence avait-elle été motivée par la jalousie ? Il était si furieux contre elle... Plus tard le même jour, dans cette chambre, il lui avait reproché de ne pas lui avoir téléphoné pour lui donner sa réponse à son chantage. La veille encore, Dex ignorait que Paul était son parrain. Il aurait donc eu une raison de mettre en péril la carrière de Mike. Pourtant, il ne l'avait pas fait. Pourquoi ?

Aujourd'hui, alors qu'il lui avait à peine adressé la parole de toute la journée, il lui avait fait une scène à cause de Bob. Bob qui était convaincu que Dex tenait à elle. Allons, se rabroua-t-elle. Inutile de nourrir de vaines illusions. Dex ne l'aimait pas.

Sa voix rauque lui avouant son envie de la déshabiller résonnait encore à ses oreilles. Si lui n'éprouvait que du désir, elle l'aimait de tout son être.

Cependant, quelle sorte d'amour était-ce si elle n'osait pas le dévoiler ? Pourquoi ne pas avouer la vérité à Dex ? Ne lui avait-il pas dit un jour qu'il appréciait son honnêteté ? Que risquait-elle ? Une fois qu'elle aurait quitté Capri, elle ne le reverrait jamais.

Elle fut réveillée par des coups frappés à la porte.

— Beth, ouvre !

Etouffant un bâillement, elle alla tourner la clé dans la serrure. La porte s'ouvrit sur Dex ; il portait un plateau de petit déjeuner.

Depuis la veille, Beth n'avait pas changé d'avis et elle lui adressa un sourire éclatant. Ce matin, il avait adopté une tenue décontractée : un jean usé et un pull blanc qui mettait en valeur son teint hâlé. Détournant les yeux de son corps musclé, elle regarda le plateau.

— C'est pour moi ? Merci. Ce n'était pas la peine de te déranger. Je...

— Si, coupa-t-il. Ma gouvernante t'a déjà appelée une fois et elle est bien trop âgée pour s'amuser à courir dans les escaliers à cause de gens comme toi.

Il la déshabilla du regard avec un dédain manifeste, qui lui donna l'impression d'être entièrement nue. Il se dirigea vers la table de nuit et sans douceur y posa le plateau.

— Je suis désolée, balbutia-t-elle.

— C'est la moindre des choses, lâcha-t-il, regagnant la sortie. Tu as décidément la fâcheuse habitude de te réveiller en retard.

— Attends une minute !

Si, avant de se coucher, elle avait envisagé de lui avouer son amour, ce matin, devant son agressivité, cette idée lui semblait stupide.

— Ni une minute ni une seconde. Il est 10 heures.

Elle écarquilla les yeux, horrifiée.

— Seigneur !

Son avion décollait de Naples à 12 h 45.

— Comme tu dis. Sois prête dans un quart d'heure.

Sur ces mots, il sortit en claquant la porte.

Beth resta immobile un moment, tête baissée. Bob avait réellement commis une erreur de jugement. Dex ne l'aimait pas le moins du monde. Au contraire, il n'avait qu'une hâte : être débarrassé d'elle.

Après avoir avalé une tasse de café, elle commença à se préparer. Elle allait lui montrer combien elle pouvait être efficace !

Dix minutes plus tard, elle avait pris sa douche et enfilé un jean, un pull et une veste. Heureusement qu'elle avait eu la bonne idée de faire sa valise la veille ! Elle noua ses cheveux avec une écharpe, mit son sac sur son épaule, ramassa sa valise et descendit.

Dex l'attendait dans le hall.

— Nous n'avons pas de temps à perdre, dit-il en lui prenant sa valise.

Elle le suivit dehors.

— Où est la voiture ? s'enquit-elle.

Le soleil, jusqu'alors éclatant, avait fait place à de gros nuages noirs ; une rafale de vent la fit frissonner. Elle boutonna sa veste.

— Pas besoin de voiture, répondit Dex, qui se dirigeait vers les jardins en terrasse. Nous allons prendre mon bateau.

— Je suis venue par le ferry.

Il s'arrêta et se tourna vers elle.

— Je sais. Si Anna m'avait informé de ta venue, je serais venu te chercher moi-même.

— La belle affaire !

Ils descendirent jusqu'au petit port. Là où la veille était amarré le yacht se trouvait maintenant un hors-bord. La mer était gris anthracite et les vagues fouettaient les flancs du bateau, qui se cognait aux piliers de l'embarcadère.

Dex était déjà monté à bord. Beth observa le bateau et la mer avec consternation.

— Tu crois que c'est prudent ?

Ignorant sa question, il lui tendit la main.

— Pour l'amour du ciel, monte ! cria-t-il en la hissant sur la passerelle.

— La mer paraît assez forte.

— Il y a une heure, elle était calme.

Voilà qu'elle était même responsable du mauvais temps, à présent !

— Eh bien, maintenant, elle est déchaînée ! riposta-t-elle, exaspérée.

Il lui lança un regard furieux.

— Pour une fois dans ta vie, pourrais-tu arrêter de discuter ? Je vais faire démarrer le moteur. Quand je crierai :

« Larguez les amarres », tu ôteras ce cordage de ce taquet, compris ?

— Bien sûr, je ne suis pas une demeurée.

Ses connaissances en matière de navigation étaient pratiquement nulles. Elle n'allait certainement pas le lui avouer... Posant son sac, elle se dirigea vers l'arrière du bateau en s'efforçant de garder son équilibre et commença à dérouler le cordage.

— Tu es prête ?

Surprise, elle sursauta, puis se sentit projetée dans les airs. Poussant un cri, elle lâcha tout et tomba à la mer.

Je le tuerai, eut-elle le temps de penser avant d'avaler une grande gorgée d'eau salée et de couler comme une pierre. L'eau glacée se refermait sur elle ; elle tenta de remonter à la surface ; ses vêtements la gênaient. Retenant sa respiration, elle réussit à déboutonner sa veste et à l'enlever. Seigneur ! Ses poumons allaient exploser ! D'un battement de pieds, elle parvint à sortir la tête hors de l'eau. Elle respira profondément — et une énorme vague la submergea.

De nouveau remontée à la surface, elle aperçut la jetée à quelques mètres d'elle et une échelle de métal qui s'enfonçait dans l'eau. Si elle ne connaissait rien à la navigation, elle était en revanche une excellente nageuse. Rassemblant toute son énergie, elle entreprit d'atteindre l'échelle.

Tout à coup, elle sentit un bras se refermer sur son cou, lui coupant le peu de souffle qui lui restait. Prise de panique, elle se débattit désespérément. Un choc violent lui transperça le crâne, puis elle sombra dans le néant.

Clignant des paupières, elle toussa plusieurs fois et recracha de l'eau, avant d'ouvrir lentement les yeux. Sa tête reposait sur une épaule musclée, deux bras puissants la transportaient. Elle était trempée et glacée jusqu'aux os.

Une voix profonde résonna dans sa tête.

— *Grazie a Dio!* Tu es vivante!

Elle referma les yeux. Secouée de frissons, elle claquait tellement des dents qu'elle était incapable de prononcer un mot. Elle eut vaguement conscience qu'on la déposait sur le sol, qu'on lui enlevait son pull, puis son jean.

Comme elle esquissait un geste pour résister, elle se sentit de nouveau soulevée de terre, puis sursauta au contact d'un jet d'eau chaude. Peu à peu, la sensation de brûlure s'estompa et une douce chaleur se répandit dans tout son corps.

Toujours en état de choc, elle ne put articuler autre chose qu'un faible :

— Que... ?

— Chut, Beth.

On l'enveloppa dans un immense drap de bain et deux mains énergiques la frottèrent avec vigueur.

— Je vais m'occuper de toi, poursuivit la voix profonde.

Soudain, tout lui revint à la mémoire : le bateau, sa chute dans l'eau. Dex! Le misérable! Au prix d'un effort surhumain, elle le repoussa des deux mains.

— Que fais-tu? s'écria-t-elle d'une voix étranglée.

Reculant d'un pas incertain, elle saisit le drap de bain, le noua sur sa poitrine et leva la tête.

Elle déglutit péniblement.

Dex était debout devant elle, trempé et entièrement nu! Fascinée malgré elle, elle suivit des yeux les gouttes qui glissaient sur son torse et son ventre avant d'atteindre la toison bouclée d'ou émergeait son membre viril, puis de descendre le long de ses cuisses musclées.

— Va... Va-t'en, bafouilla-t-elle.

— Ce n'est pas le moment d'avoir un accès de pudeur, Beth. Laisse-moi te réchauffer. Tu risques l'hypothermie.

Elle risquait plutôt, s'il ne s'habillait pas rapidement, une crise de tachycardie, songea-t-elle, hébétée.

— Couvre-toi, répliqua-t-elle en lui tendant une serviette qu'elle venait de trouver près du lavabo.

Il la noua nonchalamment autour de ses reins.

— Ta sollicitude est touchante, dit-il, souriant. Sérieusement, tu es restée dans l'eau bien plus longtemps que moi.

L'entourant de ses bras, il la pressa contre lui.

— Ecoute-moi, pour une fois, murmura-t-il en lui caressant le creux des reins à travers le tissu-éponge.

Pendant un long moment, elle s'abandonna contre lui. Ses tremblements diminuèrent progressivement et un bien-être délicieux l'envahit.

— Ça va mieux, mon cœur? s'enquit-il d'une voix tendre. Allez, laisse-moi te porter jusqu'à ton lit.

Le mot « lit » traversa le voile qui obscurcissait l'esprit engourdi de Beth. Seigneur! Elle était censée se trouver dans un avion à destination de l'Angleterre. Alors que faisait-elle à moitié nue dans une salle de bains à Capri? C'était encore une sombre manœuvre de Dex.

— Tu plaisantes? dit-elle d'une voix chevrotante.

Cette fois, c'était la colère qui l'empêchait de parler normalement. S'il s'imaginait qu'il allait parvenir à ses fins!

— Espèce de... de... fou dangereux! D'abord tu frappes mon parrain, puis tu essaies de me noyer. Comme si ce n'était pas suffisant, tu m'étrangles à moitié et ensuite tu m'assommes. Qu'est-ce qui m'attend, maintenant? Si tu crois que je vais me laisser faire!

Elle n'imaginait pas à quel point elle était séduisante avec ses yeux de jade étincelant de fureur et sa petite main crispée sur le nœud précaire de son drap de bain.

Elle n'avait pas conscience non plus de la tension qui raidissait le corps puissant de Dex. Les yeux brouillés par les larmes, elle commençait à ressentir le contrecoup du choc qu'elle avait subi.

— Je t'aime. Si tu veux bien de moi, ajouta-t-il d'une voix hésitante.

Elle vit alors une telle anxiété dans ses yeux gris qu'elle sentit son cœur s'affoler. Etait-ce un effet de son imagination ? Elle ne savait plus que croire. C'était stupéfiant, mais il paraissait sincère.

— Je t'aime tellement, Beth. Dis-moi quelque chose, s'il te plaît, n'importe quoi. Je croyais pouvoir te laisser partir. J'en suis incapable.

Le masque arrogant qu'il arborait d'ordinaire avait disparu et ses yeux débordaient de tendresse. L'impossible était arrivé !

— Tu m'aimes, bredouilla-t-elle tandis qu'une larme roulait sur sa joue.

— Ne pleure pas, Beth, je t'en supplie. Ce n'est pas ma faute si tu es tombée du bateau. Je t'ai demandé si tu étais prête et tu as largué les amarres trop tôt. Quand je t'ai vue à l'eau, j'ai plongé. Si j'ai eu des gestes brutaux, c'était uniquement par maladresse. J'ai eu tellement peur pour toi que j'ai perdu tous mes moyens. Pour rien au monde je ne voudrais te faire souffrir. Tu dois me croire. Je t'aime.

Souriant à travers ses larmes, elle lui caressa la joue.

— Je ne pleure pas de douleur, mais de joie. Si tu savais comme je t'aime moi aussi !

— Tu m'aimes ? Depuis quand ?

— Depuis le jour de notre premier rendez-vous, avoua-t-elle.

Manifestement très ému, il la prit dans ses bras et l'embrassa avec passion. Nouant les mains sur sa nuque, Beth répondit à son baiser avec ferveur, comme si les souffrances et les malentendus de ces dernières semaines n'avaient pas existé. Son drap de bain et la serviette de Dex tombèrent sur le sol et elle laissa échapper un petit cri en sentant contre sa cuisse la virilité pleinement éveillée de son compagnon. Glissant ses mains sur sa croupe rebondie, il la souleva de terre.

Instinctivement elle noua les jambes autour de ses

reins. Lui mordillait alternativement les pointes tendues de ses seins. Seigneur, il allait la rendre folle !

Levant la tête, il plongea son regard gris dans le sien.

— Moi aussi, je t'ai aimée dès ce soir-là.

Puis, d'une seule poussée, il entra en elle, lui coupant le souffle.

Leur étreinte fut sauvage et fulgurante. La vue de Beth se brouilla et elle s'abandonna sans retenue à l'assaut fougueux de Dex. Leur chevauchée frénétique les amena rapidement au sommet de la volupté. Avec un cri rauque, Dex se perdit en elle.

Il la tint serrée contre lui pendant un long moment ; la vague de plaisir qui les avait submergés refluait lentement. Lorsqu'il la reposa sur le sol, elle faillit s'effondrer à ses pieds.

— Mon Dieu ! Quel crétin sans cœur je suis ! jura Dex.

La soulevant de nouveau dans ses bras, il gagna la chambre et la posa délicatement sur le lit.

Au moment où il allait se redresser, Beth le retint par la nuque.

— Du moment que tu es mon crétin sans cœur à moi..., murmura-t-elle, une lueur interrogative dans les yeux.

Les minutes intenses qu'elle venait de vivre dans les bras de son amant l'avaient comblée. Cela signifiait-il vraiment que Dex l'aimait ?

— Pour toujours et à tout jamais, répondit-il en l'embrassant avec une tendresse presque douloureuse. A présent, mon amour...

S'allongeant près d'elle, il passa un bras autour de sa taille, puis remonta les couvertures sur eux.

— ... tu dois te reposer. Pas question que tu attrapes une pneumonie. Maintenant que je te tiens, je ne veux plus prendre aucun risque.

Elle avait tellement envie de le croire ! Pourtant, un doute subsistait dans son esprit.

— Tu ne dis pas ça parce que tu te sens coupable à cause de... de tout?

— Je me sens très coupable vis-à-vis de toi, ma chérie, admit-il en soupirant. Mais tu dois savoir que je t'ai aimée dès notre premier baiser.

— Dex, s'il te plaît, ne me raconte pas d'histoires. Quand es-tu tombé amoureux de moi?

La réponse à cette question était d'une importance capitale, se dit-elle avec appréhension.

— Avec le recul, je sais que c'est justement ce soir-là, au casino. Quand je t'ai prise dans mes bras, tout mon être s'est embrasé.

— Comment est-ce possible puisque tu ne sortais avec moi que pour m'éloigner de Paul?

Il plongea les yeux dans son regard inquiet.

— Tu veux la vérité. Je vais te la dire. Tu sais que j'ai été marié et que ma femme m'a quitté pour un homme plus âgé que moi.

— Tu as dû beaucoup souffrir.

— Pas tant que cela. Je ne l'aimais plus depuis longtemps — si toutefois je l'ai jamais aimée. Elle a été la première femme avec qui j'ai couché et du coup, je l'ai épousée. A partir de ce moment-là, elle a monnayé ses faveurs contre des bijoux et autres objets de luxe. C'était une garce insensible. Malheureusement, il m'a fallu cinq ans pour m'en rendre compte.

La rancœur perçait dans sa voix.

— Tu n'es pas obligé de m'en parler...

— Si, Beth, parce qu'elle a perverti ma vision des femmes pendant des années. Avant de te rencontrer, je ne sortais jamais avec la même compagne plus de deux ou trois fois de suite. Je reconnais que l'existence que je menais ne me satisfaisait pas, et cependant, lorsque je t'ai rencontrée, je n'avais aucune intention d'en changer.

Le regard contrit, il déposa un baiser furtif sur son front.

— J'ai rapidement dû rendre les armes. J'essayais de me persuader que je ne te voyais que pour t'éloigner de Paul et laisser le champ libre à Anna, mais sans vouloir me l'avouer, je t'aimais depuis le premier jour. Après mon divorce, je m'étais juré de ne plus jamais offrir de bijou à une femme. Pourtant, j'ai pris un plaisir immense à te choisir une bague. C'est à New York que j'ai fini par admettre mon amour pour toi. Nous n'étions séparés que pour une semaine... Tu me manquais tant que j'avais envie de t'appeler vingt fois par jour.

— Tu ne l'as pas fait, commenta Beth, se rappelant les doutes dont elle avait été assaillie à l'époque. Tu ne m'avais même pas dit où tu vivais. Tu ne m'avais pas parlé non plus de cette maison... Y as-tu habité avec ta femme ?

Toutes ses craintes n'étaient pas encore dissipées.

— Cette villa a été construite après mon divorce. Si je ne t'ai pas appelée de New York, c'est que je résistais encore. De retour à Londres, j'ai tenté une dernière fois de me convaincre que je n'étais pas amoureux de toi. J'ai fait exprès de m'attarder pour prendre un verre avec Bob. Si je lui ai raconté toutes ces horreurs, c'était parce que je luttais contre mes sentiments. Au fond de moi, je savais que mon vœu le plus cher était de t'épouser. Quand je ne t'ai pas trouvée chez toi, j'ai cru devenir fou.

— J'avais surpris ta conversation et je pensais que tu m'utilisais.

— Pourquoi ne m'avoir rien dit ? Tu aurais pu m'expliquer que Paul était ton parrain.

— Par amour-propre. Je ne voulais pas que tu saches que j'avais entendu tes propos. Et puis je ne voyais pas pourquoi je t'aurais révélé la vérité. Pour que vous vous réjouissiez d'une si bonne nouvelle, toi et ta sœur ? Je n'avais rien à voir avec tout ça.

— Je me suis conduit comme une brute, cette nuit-là. Pourras-tu jamais me pardonner, Beth ?

— Oh, Dex! Je n'ai rien à te pardonner. Si je t'ai jeté dehors, c'est parce que j'étais atterrée par la force de mon désir pour toi. Et par l'intensité de...

Elle détourna les yeux.

— Oui? demanda-t-il en lui prenant le menton pour l'obliger à le regarder.

— Tu m'as donné tellement de plaisir! Après coup, j'ai eu honte de ma propre réaction et je me suis vengée sur toi.

Un sourire épanoui étira les lèvres de Dex.

— Et moi, d'une certaine manière, j'en ai fait autant. Dans mon immense vanité, je pensais que tu me serais éternellement reconnaissante de t'avoir offert une bague de fiançailles. Mon orgueil a volé en éclats lorsque tu m'as ordonné de disparaître.

— Ton chantage, ce n'était pas sérieux, n'est-ce pas? Tu ne serais pas allé jusqu'à faire perdre son emploi à Mike?

— Non, bien sûr. Jamais je ne te ferais souffrir volontairement. C'était le dernier coup bas d'un homme follement amoureux qui refusait de le reconnaître. D'ailleurs, quand j'ai vu que tu n'appelais pas le lendemain matin, je t'ai téléphoné.

— C'est vrai. La sonnerie m'a réveillée.

— Imagines-tu à quel point j'ai été blessé, lorsque par la suite tu m'as expliqué que tu t'étais réveillée trop tard? J'avais passé une nuit blanche à attendre ta réponse, et toi, tu dormais!

— De toute façon, la réponse était non, murmurat-elle en se blottissant contre lui.

— Je m'en doutais. Tu n'es pas le genre de femme à se laisser intimider. Et pourtant, Dieu sait que j'ai essayé, plaisanta-t-il.

— J'ai remarqué... Hier, tu m'as ignoré presque toute la journée.

— Mais Beth, je n'osais pas poser les yeux sur toi!

Quand je t'ai vue dans cet ensemble rouge, j'ai cru que j'allais perdre la raison. J'aurais voulu tuer Bob pour avoir osé t'emmener faire un tour dehors. Moi-même je n'osais pas t'approcher. Quant à t'inviter à danser, c'était impossible. J'aurais fini par te faire l'amour sur la piste, devant tout le monde.

— Dex, tu exagères ! s'exclama-t-elle en riant.

Cette fois, il n'y avait plus aucun doute. Cet homme fier et séduisant l'aimait. Elle en était certaine.

— Sincèrement, Beth, je t'en voulais de l'effet que tu avais sur moi. Et ce matin, quand tu as de nouveau laissé passer l'heure du réveil, alors que je n'avais pas pu fermer l'œil de la nuit... j'étais fou de rage. Mais quand tu es tombée du bateau... Mon amour-propre, ma colère, plus rien ne comptait. J'ai eu tellement peur de te perdre ! Veux-tu m'épouser, Beth ?

— Oui, murmura-t-elle en nouant les mains sur sa nuque.

Etouffant un grognement, il captura sa bouche. Cette fois, ils prirent tout leur temps et leur étreinte fut aussi tendre que passionnée. Lorsqu'ils atteignirent les rivages du plaisir suprême, Beth ouvrit les yeux pour voir le visage de Dex refléter son plaisir, avant de sombrer elle-même dans un océan de sensations magiques.

— Tu es la seule femme au monde pour moi et je te chérirai jusqu'à mon dernier soupir, dit-il plus tard.

— Je suis tellement heureuse !

— Tu n'as pas froid ?

Elle éclata de rire.

— J'ai tellement chaud que je suis étonnée que les draps n'aient pas pris feu. Je...

Elle se redressa d'un bond.

— J'ai raté mon avion et je travaille demain matin !

— Oublie tout ça. Tu n'as plus besoin de travailler puisque tu vas devenir ma femme.

— Je ne pense pas que j'aimerais vivre dans l'oisiveté, objecta-t-elle.

— Si tu tiens vraiment à travailler, nous pourrions transformer l'une des pièces de cette villa en atelier. Penses-y. Que dirais-tu d'installer ta planche à dessin face à la mer?

— Tu me connais tellement bien, répliqua-t-elle, profondément touchée.

— Pas encore assez à mon goût. Je crois que je vais poursuivre mon exploration dès maintenant, murmura-t-il en se penchant sur elle.

Dix-huit mois plus tard, le prêtre et un petit groupe d'invités attendaient devant l'église de Capri, sous un soleil printanier.

— S'ils ne sont pas ici dans cinq minutes, ce sera trop tard. J'ai un autre baptême à 10 h 30, expliqua le prêtre à M. et Mme Morris, les futurs parrain et marraine.

A cet instant précis, une Mercedes blanche s'arrêta devant eux dans un crissement de pneus. Dexter et Bethany Giordanni en descendirent et se précipitèrent vers l'entrée de l'église. Beth était rouge de confusion; son mari, parfaitement à l'aise, arborait un sourire épanoui.

— Que t'est-il arrivé, Dex? Tu as vingt minutes de retard pour le baptême de ta fille! s'exclama Anna.

Les joues de Beth virèrent au cramoisi; Dex adressa un clin d'œil malicieux à sa sœur.

— Nous ne nous sommes pas réveillés.

Puis, sa fille dans les bras et sa femme à son côté, il entra dans l'église, laissant Anna muette de stupeur.

Chère lectrice,

Vous nous êtes fidèle depuis longtemps?
Vous venez de faire notre connaissance?

C'est pour votre plaisir que nous avons
imaginé un rendez-vous chaque mois
avec vos auteurs préférés, vos
AUTEURS VEDETTE dans les
collections Azur et Horizon.

Les AUTEURS VEDETTE vous
donneront rendez-vous pour de
nouveaux livres vedette.

Pour les reconnaître, cherchez
l'étoile... Elle vous guidera!

Éditions Harlequin

HARLEQUIN

LE FORUM DES LECTEURS ET LECTRICES

CHERS(ES) LECTEURS ET LECTRICES,

VOUS NOUS ETES FIDÈLES DEPUIS LONGTEMPS?

VOUS VENEZ DE FAIRE NOTRE CONNAISSANCE?

SI VOUS AVEZ DES COMMENTAIRES, DES CRITIQUES À
FORMULER, DES SUGGESTIONS À OFFRIR, N'HÉSITEZ
PAS… ÉCRIVEZ-NOUS À:

> LES ENTERPRISES HARLEQUIN LTÉE.
> 498 RUE ODILE
> FABREVILLE, LAVAL, QUÉBEC.
> H7R 5X1

C'EST AVEC VOS PRÉCIEUX COMMENTAIRES QUE NOUS
ALLONS POUVOIR MIEUX VOUS SERVIR.

DE PLUS, SI VOUS DÉSIREZ RECEVOIR UNE OU
PLUSIEURS DE VOS SÉRIES HARLEQUIN PRÉFÉRÉE(S)
À VOTRE DOMICILE, NE TARDEZ PAS À CONTACTER LE
SERVICE D'ABONNEMENT; EN APPELANT AU
(514) 875-4444 (RÉGION DE MONTRÉAL) OU 1-800-667-4444
(EXTÉRIEUR DE MONTRÉAL) OU TÉLÉCOPIEUR
(514) 523-4444 OU COURRIER ELECTRONIQUE:
AQCOURRIER@ABONNEMENT.QC.CA OU EN ÉCRIVANT À:

> ABONNEMENT QUÉBEC
> 525 RUE LOUIS-PASTEUR
> BOUCHERVILLE, QUÉBEC
> J4B 8E7

MERCI, À L'AVANCE, DE VOTRE COOPÉRATION.

BONNE LECTURE.

HARLEQUIN.

VOTRE PASSEPORT POUR LE MONDE DE L'AMOUR.

ROUGE PASSION

De fiévreuses histoires d'amour sensuelles!

De provocantes histoires d'amour passionnées et romantiques qu'on lit d'une seule traite. Aventureuses, parfois humoristiques, et sensuelles, elles mettent en vedette des hommes et des femmes d'aujourd'hui.

ROUGE PASSION...quatre nouveaux titres chaque mois.

GEN-RP

COLLECTION HORIZON

Des histoires d'amour romantiques qui vous mènent au bout du monde!

Découvrez la passion et les vives émotions qu'apportent à la Collection Horizon des auteurs de renommée internationale!

Captivantes, voire irrésistibles, ces histoires d'amour vous iront assurément droit au coeur.

Surveillez nos quatre nouveaux titres chaque mois!

HARLEQUIN

COLLECTION ROUGE PASSION

- **Des héroïnes émancipées.**
- **Des héros qui savent aimer.**
- **Des situations modernes et réalistes.**
- **Des histoires d'amour sensuelles et provocantes.**

**LAISSEZ-VOUS TENTER
par 4 titres irrésistibles
chaque mois.**

RP-1